마음의
온도가
궁금해

마음의
온도가
궁금해

나선자 수필집

도서
출판 북인

한 생生을 살아온 나의 테마는 '사랑'

맏이로 태어나 부모님 사랑을 받으며 살았지만, 부모님 품을 떠나오면서 또 다른 세계가 기다리고 있다는 걸 알았다. 당황스러웠고 또 새로웠지만 그런 삶도 내 것이어서 흔쾌히 받아들였다. 나는 그런 사람이었다. 내 것이 작다고 투정부리지 않는, 주어진 것에 만족하고 그것을 내 것으로 가꿔갈 줄 아는, 나의 세계를 이미 알고 있는 사람이었다.

평생 일터인 학교에서 학생들과 동고동락했다. 국어교사로서의 나는 나름 낭만적이었다. 학생들과 함께 고전을 탐닉했고 시를 노래했다. 웃는 날보다 고민해야 할 날이 많았지만 그만큼 나를 성장시킨 기간이었다고 자부한다.

살아온 세월만큼만 내 이야기를 풀어내고 싶었다. 학생들에게 가르친 대로 쓴다면 문제될 것 없다고 생각했는데 막상 쓰려니 뜻대로 되지 않았다. 원했던 만큼 깊이 있는 글로 풀어내지는 못했다. 닫혀 있던 마음의 문을 열어 한 편 한 편 세상 밖으로 내보낼 수 있다는 것, 그것으로 이번에는 만족하고 싶다.

문득, 나의 시간도 너무 많이 흘러왔다는 생각이 든다. 갑자기 마음이 바빠진다. 가버린 나의 인생이 허무하다는 생각도 든다. 그나마 칠십 줄에 수필을 만나 얼마나 다행인가.

한 생을 살아오는 동안 내가 붙들고 온 중요한 테마는 사랑이었지 싶다. 나는 사랑에 열중했고, 사랑하려고 노력했다. 인간에게 사랑만큼 소중하고 고귀한 것은 없다고 본다. 사랑하는 나의 딸 럿셀, 눈에 넣어도 아프지 않은 소중한 나의 아가들 율과 람, 그립고 그리운 나의 별들이 생각나는 밤이다.

수필여행길에 기꺼이 동반자가 되어준 수필교실 한복용 선생님께 사랑의 인사를 드린다. 작품에 등장하는 가족들, 친지들, 제자들, 문우들에게도 고마움과 사랑을 전한다.

2024년 시월, 멋진 어느 날에
나선자

제1장
가까이 있는 듯 멀리,
다시 그리워

돌아가리라 돌아가리라/ 언젠가는 좋은 곳으로/

몸은 비록 없어져도/ 그대의 흔적이/

우리의 마음속에 있으리/ 우리의 마음속에 남으리

「나의 자리」중에서

나의 자리

잠에서 깬 나는 습관처럼 나의 자리로 간다. 밖이 훤히 내다보이는 거실 통유리 문 중앙자리다. 겨울인 지금은 발코니 문을 닫아놨지만 날이 풀리면 활짝 열어둘 참이다.

나의 자리에 서면 아파트 동과 동 사이로 소나무 한 그루가 가장 먼저 눈인사를 한다. 사시사철 그 나무의 푸른 기운을 받아 하루를 시작한다. 왼쪽으로 안방과 마주한 발코니에 마련한 실내 화단을 살펴보는 일도 빼놓을 수 없다. 나는 나의 자리에서 하루의 일정을 계획하고, 발코니 화단 식물들이 잘 살고 있는지 살피기도 하고, 창 너머 전경을 감상한다. 그러면서 알토란 같은 글감이 걸려들길 바란다.

작년 가을에 새로 들인 로즈마리는 날씨 탓인지, 물관리가 잘못됐는지 점점 말라가고 있다. 물을 좋아한다는 걸 알면서도 추운 날씨에 혹여 얼까 싶어 간격을 두었는데 죽어가는 건 아닌가, 마음이 불안하다. 겨울만 되면 본의 아니게 식물을 많이 죽이다보니 겁부터 난다.

로즈마리rosemary의 속명은 로즈마리누스rosemarinus로 '바다의 이슬'이란 뜻을 갖고 있다. 꽃말이 '나를 생각해요'인데 그가 말하지 않아도 나는 항상 로즈마리를 생각한다. 시원한 향으로 정신을 맑게 해주어 아로마테라피에 사용되고 집중력 강화와 탈모방지 그리고 혈액순환과 살균작용 등 우리에게 이로운 식물이라서 늘 가까이 한다. 어떤 이는 신선한 로즈마리 잎을 따서 요리를 하거나 음식에 장식을 한다는데 나는 냉장고 안이나 옷장, 신발장 등에 방향과 살균 목적으로 말린 로즈마리 잎을 넣어둔다.

나의 자리는 먼저 간 남편과 멀리 미국에 있는 하나뿐인 딸과 함께 가장 많이 머물렀던 공간이다. 우리는 그곳에서 어느 가정 부럽지 않은 행복을 키웠다. 어느 날인가 술 한잔 하고 들어온 남편이 안치환의 〈사람이 꽃보다 아름다워〉를 음정과 박자를 무시하고 소리 지르며 불러 웃음바다가 된 적도 있다. 김원준의 〈Show〉를 힘차게 불렀던 명랑한 우리 딸은 어느새 자라 어른이 되었다. 딸이 남매를 데리고 한국에 왔을 때 보여줬던 재롱잔치는 두고두고 나를 흐뭇하게 한다. 손주들이 할머니가 나비를 좋아한다는 걸 알고 윤도

현의 〈나는 나비〉를 듀엣으로 불러 감동시켰다. 연년생으로 다섯 살과 여섯 살 때로 기억하는데, 많은 연습량이 느껴질 정도로 가사, 박자, 음정이 비교적 정확했다.

손자는 드론 날리기와 공룡 만들기를 좋아해 시도 때도 없이 거실에서 드론을 날렸다. 조심성이 없어 가구나 텔레비전에 곧잘 부딪쳤다. 부딪치면 가구도 드론도 망가진다며 조곤조곤 설명해주면 아이는 금방 온순한 아이로 변했다. 공룡 사진이 있는 책과, 종이, 가위, 풀만 있으면 뚝딱 공룡을 만들었는데 그 재주가 비상했다. 다양한 공룡을 만들어 거실 문갑 위에 진열해놓고 나한테 자랑하던 나의 손자. 그럴 때마다 나는 찬사를 아끼지 않았다. 손자가 어깨를 으쓱하면서 상기된 모습으로 좋아했는데 그 장면이 스쳐간다.

손녀는 책을 많이 읽고 글도 잘 썼다. 시를 잘 써서 '꼬마 시인'이라고 불러주면 좋아했다. 많은 시 중에서 할아버지가 하늘나라로 가신 후에 쓴 시를 읽을 때마다 나는 크게 감동하면서 대견해했다. 어린 나이에도 할아버지를 그리워하는 마음을 시로 적을 수 있다는 사실이 놀라웠다.

돌아가리라 돌아가리라/ 언젠가는 좋은 곳으로/ 몸은 비록 없어졌어도//

그대의 흔적이/ 우리의 마음속에 있으리/ 우리의 마

음속에 남으리.

어느 날은 거실에서 커다란 짐볼 위에 균형을 잡고 앉아 있는 모습이 신기해 사진으로 남겼다. 다칠새라 불안불안했지만 놀라운 균형감각에 그저 웃음만 나왔다. 홀라후프도 그냥 허리에 놓고 돌리는 것이 아니라 걸으면서도 돌리고 빙빙 한 바퀴 돌아가기도 하면서 목으로 돌리는 쇼까지 보여주었다. 그 재롱을 지켜보면서 즐겁고 행복했던 시간들을 어찌 잊으랴.

거실에 엎드려 함께 받아쓰기로 국어공부를 했던 기억도 어제 일처럼 그대로다. 주초에 10문제 받아쓰기 시험을 보고 채점을 하면 0점에 가까운 점수로 성적이 저조했다. 주말에 재시험을 보면 100점에 가까운 점수로 보람을 느끼게 했다. 100점을 맞으면 나는 하트 스티커를 공책에 빼곡하게 붙여주었다.

미국에 사는 딸은 날마다 엄마 걱정이다. 그곳으로 와 함께 살자고 하지만 나는 '아직은 아니라고' 사양하며 안심시킨다. 말은 홀가분하게 혼자 살고 싶어서라고 했지만 딸에게 짐이 되고 싶지 않아서다. 요즈음 실버타운 쪽으로 관심이 많다. 친구도, 의사도, 운동도, 취미 공유도 가능해 나에게 안성맞춤이라는 생각에 이르렀다. 지난 날 미국에서 6개월 정도 딸과 함께했던 시간을 떠올리면 그곳에서 사는 건 자신이 없다. 쇼핑천국인 미국에서의 생활은 일정 기간은 즐겁다. 딸과 함께 여행도 원 없이 했다. 블랙데이가 오면 원 플러스 원 유혹에 빠져 알뜰구매라는 명목 하에 쇼핑도 과하게 했다. 그러나 소통할 수 있는 친구가 없고 하고 싶은 것도 점점 할 수 없으니 갈수록 심심했다. 가고 싶은 곳을 마음대로 찾아갈 용기도 없었다.

나의 자리에 서면 서성이는 시간이 조금씩 길어진다. 특별한 생각을 집중해 하는 것은 아니다. 그저 밖을 보며 몸을 가볍게 움직이는 정도랄까. 요즘은 부쩍 나를 정리하는 시간이 늘어가는 것 같다. 지나간 추억도 살아가는 시간도 살아야 할 시간도 별 다른 의미 없이 생각하는 것에 보태진다. 그러다보면 저절로 정리가 되어 어느덧 마음이 가벼워진다. 나의 자리는 나한테 오늘을 시작하도록 힘을 주는 곳이다.

보고 싶은 딸, 럿셀에게

럿셀아!

너조차도 오랜만에 들어보는 이름이지? 아빠가 평소 버트런드 러셀을 좋아한 이유로 네 이름을 럿셀로 지었잖니. 나는 예쁜 한국 이름 다 놔두고 왜 그렇게 짓느냐고 불만이었지만 고집불통 너희 아빠를 말릴 사람은 아무도 없었지. 그런데 한편으론 또 특별하고 듣기에 좋았단다. 나중에 네 이름은 지현이가 되었고 결혼해서는 서윤으로 바뀌었지. 지금은 네가 너무 그리워 처음 이름인 럿셀로 불러보는구나.

럿셀아, 요즈음 이곳은 입춘 절기에 맞게 봄기운이 서서히 느껴진단다. 생기로운 봄날, 너의 삶도 더 활기차고 복된 나날이기를 바란다. 멀리 있어 자주 보지 못하지만 가끔이나마 영상통화로 얼굴과 목소리를 들을 수 있어서 다행이고, 고운 모습과 마음을 읽을 수 있어서 엄마는 또 행복하구나.

얼마 전에 도봉문화원 편지문학관 주최로 '편지쓰기 및 낭독회' 프로그램이 있어서 참석했단다. 나는 그런 행사가 있으면 호기심이 발동해서 꼭 기웃거리게 되더구나. 기념으로 누군가에게 편지를 써보고 싶어서 들어갔는데 네가 가장 먼저 생각났어. 뉴욕에 사는 너에게 손편지를 쓰면서 이걸 부칠 수나 있을까 했는데, 생각해보니 써놓고 사진을 찍어서 보여주는 방법도 괜찮겠다 싶었지. 세상 참 좋아졌지? 하기야 네가 수시로 이런저런 식사 쿠폰을 앱을 통해 보내주고 내가 사는 동네 반찬가게며 편의점이 새로 생겼다고 위성지도를 통해 소식을 전해주는데 그 고마운 마음을 어떻게 설명하겠어. 나는 수십만 리 떨어져 사는 네가 보내주는 쿠폰을 가지고 나가 음식을 사먹곤 하잖아. 영화 쿠폰도 보내줘서 조만간 최신 영화도 관람할 계획이야. 내가 사는 동안 이런 세상이 올 거라는 거 상상이나 해봤겠냐고.

시대가 변하면서 우린 편지보다 카톡이나 전화로 수많은 이야기를 주고받았지. 엄마는 너와 나눈 대화 중 지금 이 순간에도 잊을 수 없고 오래도록 가슴에 품고 가고 싶은 너의 보석 같은 말을 기억해.

"엄마가 아프지 않고 건강하게 살아줘서 고마워요"라고 한 말과 지난해 내가 문예지에 수필을 발표했을 때 "우리 엄마 대단하고 존경스러워요"라고 소식 주었을 때, 엄마를 응원해주는 너한테 정말 고마웠어. 나한테는 너뿐이잖니. 친지들도 멀리 있고 갈수록 만날 사람이 사라지는데 내가 하필 달랑 너 하나만 낳고 말았는지. 이럴 때는 쓸데없는 외로움도 밀려든단다. 마침 그럴 때 너의 진실한 마음을 전해줘서 힘이 불끈 솟고 기분이 좋았어.

생각할수록 너는 대단하고 기특해. 사춘기 청소년이 된 남매 뒷바라지하느라 어려운 점이 많을 텐데 현명하게 잘 극복해나가는 것을 보면 '어머니는 강하다'라는 말이 정말 맞는 말이구나 싶어. 갱년기를 맞은 엄마가 사춘기 아이들과의 갈등에서 만만치 않은 고통을 예상하는데 너는 어떤 불만도 나에게 이야기하지 않았지. 알아서 잘하겠지만 '자식 이기는 부모는 없다'는 말을 되새기며 그 말이 도움되기를 바라고 있단다.

네가 사춘기였을 때 아빠는 좋은 역할을 하고 엄마는 나쁜 역할만 담당해서 너의 기억 속에 엄마에 대한 좋은 추억이 없다는 걸 인정할 수밖에 없었어. 그때 너는 엄마한테 많이 섭섭해했잖아. 그런데 요즈음 사춘기에 접어든 너의 아이들을 교육하면서 "엄마를 이해할 수 있고 그래서 미안하다"고 했는데, 그 말이 생각날 때마다 나는 얼마나 울컥하는지 몰라.

그런데 럿셀아, 내가 너에게 한 말 중에서 가장 후회가 되는 얘기도 들려줘야 할 것 같구나. 너는 결혼하기 전에 "엄마, 나 결혼하면 손자 봐줄 거야?"라고 물었지. 나는 망설이지 않고 "꿈도 꾸지 마"라고 냉정하게 잘라 말했어. 이 말이 너에게 섭섭한 마음으로 자리잡고 있다가 어느 날 뜬금없이 "다른 엄마들은 손자 보느라고 고생이 많다던데, 우리 엄마는 그렇지 않아서 좋겠다"는 얘기를 듣고 미안한 생각보다 기분이 참 묘했던 기억이 있어.

너도 그립고 우리 아이들도 그립구나. 연년생인 손자손녀가 어렸을 때는 재롱떠는 모습을 보고 들으면서 웃음꽃 피웠던 추억들이 많았는데…. 특별한 날이 되면 동영상도 만들어서 보내주고 손편지도 써서 보내줬지. 내가 감명받았던 일들이 새록새록하구나. 가장 기억에 남는 손편지가 있는데, A4 용지에 정성들여 적은 '할머니를 좋아하는 이유 5가지'라는 편지야. '할머니를 좋아하는 이유 5가지'를 제목으로 쓰고 초콜릿으로 도배를 한 다음, 그 아래에 "할머니, 동전으로 긁어 봐요"라고 적어놓은 거야. 긁어서 내용을 확인할 때마다 기대감과 함께 어찌나 재미있던지. 내용 또한 예사롭지 않아서 여기에 적어볼까 한다.

할머니를 좋아하는 5가지 이유에는 '우리 엄마를 낳아주셔서', '친구 같고 멋쟁이니까', '국어를 잘 가르쳐주시니까',

'규칙적인 생활을 하고 건강하시니까', '할머니 그 자체로 좋으니까'로, 그것을 하나씩 확인하는 순간마다 아이들이 할머니를 생각했다는 그 마음에 놀랐고, 그 아이디어에 감동했어. 아이들이 나를 좋아하고 있다는 이유와 그걸 느끼는 나의 감동과 함께 기분이 마냥 좋았단다. 당장 전화를 해서 창의성이 돋보인다는 칭찬과 함께 감동받았다는 마음을 전해주었지. 이제는 사춘기가 되어 그 아이들의 재롱도 소통할 기회도 점점 줄어들어 아쉽단다. 모두 한때구나 싶기도 하고. 그치?

순서 없이 그동안 하고 싶었던 얘기를 편지로 쓰다보니 감회가 새롭다. 우리 서로 보고 싶어도 조금만 참으면서 살자. 아이들이 대학에 진학하면 그때 우리 모녀 단둘이 여행도 가고 쇼핑도 하고 그런 좋은 날들 만들자. 나는 걱정하지 말거라. 근처에 문화원이 있어서 좋은 프로그램을 신청해 즐기고 있단다. 만날 날 기다리면서 열심히 살자. 끝으로 엄마가 좋아하는 말 하나 전하고 마무리하마.

"날마다 좋을 순 없지만, 날마다 웃을 순 있다."

환절기에 건강 조심하고, 행복하게 지내기 바란다.

— 사랑하는 엄마가

어머니의 눈물꽃

대중문화가 발달하지 않은 시대에 살았던 아이들의 유일한 즐거움은 어른들에게서 옛날 이야기를 듣는 것이었다. 나에게는 이모 한 분이 계셨는데 노래도 가수 못지않게 잘하고 가사 전달력이 좋아서 마이크를 잡았다 하면 어디서나 앙코르를 받을 정도였다. 그런 이모가 옛날 이야기를 할 때면 넋을 잃고 푹 빠져서 시간가는 줄을 몰랐다. 이모는 어른과 아이들에게 모두 인기 있는 이야기꾼이었다. 어느 날 이모가 들려준 어머니 이야기는 몇 해가 지난 지금까지도 내마음을 흔들고 있다.

친할아버지는 양반집 규수인 어머니를 며느릿감으로 눈여겨보다가 가깝게 지내던 외할아버지랑 술상을 앞에 놓고주거니 받거니 하면서 혼인에 대한 이야기까지 이어갔다.

본인들의 의지와는 관계없이 16살의 아버지와 19살 어머니는 부부의 연을 맺었다. 보통학교 출신인 어머니는 아버지가 일본 유학길에 있었기에 고추보다 매운 시집살이를 홀로 견뎌냈다. 어른들은 며느리가 남편과 떨어져 지내는 걸 알면서도 해가 갈수록 애도 못 낳는다고 구박했다. 마음고생이 컸던 어머니는 남 몰래 뒤란에 숨어 흐르는 눈물을 닦았다. 하늘이 도왔는지 9년 만에 첫 아기로 내가 태어났다.

우리가 부산으로 피난 가서 고생한 이야기는 글로 다 잇지 못할 정도이다. 어릴 때였는데도 나는 여직 그때 기억이 생생하다. 아버지는 전쟁터에 나갔고 어머니는 생계를 책임져야 했기에 시장에 나가 장사를 시작했다. 물건이 잘 팔린 날은 일찍 귀가했고 장사가 안 되어 밤 늦게 귀가하는 날도 많았다. 그런 날은 팔다 남은 식재료를 이용해 부랴부랴 늦은 저녁 밥상을 차렸다. 어느 날 어머니가 열병에 걸려 쓰러졌다. 아직 어렸던 나는 어머니 간병을 하면서 죽도 끓이고 빨래도 하고 동생을 보살폈다. 집안 살림은 해도 해도 끝이 보이지 않았다. 게다가 어머니의 대소변까지 받아내야 했다. 아파하는 어머니를 보면 이까짓 것 아무것도 아니라고 생각하다가도 용변이 묻어 더러워진 옷을 빨 때면 부담되고 싫어서 눈물이 났다.

피난살이 고생 끝에 서울 안암동 집에 상경하여 새로운

생활을 시작했다. 내가 초등학교에 입학하면서 집안은 안정기에 접어들었다. 아버지는 전쟁 중 총알이 손목을 관통하는 부상을 입어 재향군인으로 근무했다. 그 시대에 지프차를 타고 다녔고 나중에 일으킨 사업도 잘 되어 굉장한 부를 축적했다. 사업이 번창할수록 우리는 아버지 얼굴을 보기 어려웠다. 나중에는 아예 집에 들어오지 않았다. 어머니에게 아버지가 안 계신 이유를 물어보면 출장가셨다고 해서 그런 줄 알았다. 시간이 흘러 아버지한테 다른 여자가 있다는 사실을 알게 되었다.

그랬어도 두 분이 싸우는 모습을 한번도 보지 못했다. 오랜만에 아버지가 집에 오시면 어머니는 밥상차리기에 바빴을 뿐 얼굴을 붉히거나 하지 않았다. 남에게 한번도 속마음을 드러내는 걸 본 적이 없다. 어머니의 인내는 눈물겹고 생각할수록 대단하다 싶었지만 나는 어머니의 삶을 닮고 싶지 않았다.

그 옛날 여자들은 '남편은 하늘, 아내는 땅'이라는 세습화된 생각으로 살았다. 수많은 세월을 자식 위해서 무조건 인내하며 자신의 삶을 희생했다. 이미자가 부른 〈여자의 일생〉은 들을 때마다 우리 어머니를 떠올리게 한다. "여자이기 때문에 말 한마디 못하고 참아야만" 한다는 노랫말은 당연히 그래야만 할 것처럼 처절하다. 당시 여인들의 삶의 애환이 그대로 담긴 듯 답답하고 안타깝다. 요즘 어느 누가 그런 삶을 살려고 할까.

남아선호사상이 극심했던 시대, 어머니는 외아들을 키우면서 딸들보다 많은 애정을 쏟았다. 그 아들이 결혼을 하면서 어떤 일인가로 어머니를 실망시켰는지 나중에는 우리 집으로 오셔서 돌아가실 때까지 나와 살았다. 우리 집에 오시면 며칠 정도 계시다가 가곤 했는데 한번은 한 달이 넘도록 통 가실 생각을 하지 않았다. 그간 동생한테서도 전화 한 통이 없었다. 참다못해 걱정되어 전화를 걸어 물으니 "어머니는 아들보다 딸을 더 챙기고, 친손자보다 외손자를 더 사랑한다"는 동생의 댁 말을 동생이 편들면서 "딸이 그렇게 좋으면 딸네 집에 가서 살면 좋겠다"고 하여 그런 사달이 난 걸 알았다.

어머니는 예감하셨던지 돌아가시기 석 달 전에 유언 비슷한 말씀을 하셨다. '병원에서 죽고 싶다'는 내용이었다. 집에서 돌아가시면 딸이 모신 것으로 돼 아들이 직장동료, 친척, 친지들을 볼 면목이 없을 거라는 것이었다. 자식은 부모를 힘들고 아프게 했지만 어머니는 돌아가실 때까지 아들 체면을 살려주려고 하셨다. 모두들 말렸어도 돌아가시기 전에 극구 병원으로 가셨다. 어머니 임종하던 날, 의식을 잃은 분 앞에서 많은 사람들이 애타게 어머니를 불렀다. 아무 반응도 없던 분이 뒤늦게 도착한 내가 울면서 당신을 불렀을 때 눈을 한번 뜨고는 한참 동안을 지그시 나를 바라보셨다. 어머니는 나에게 어떤 말을 하고 싶었던 것일까. 그 순간이 잊히지 않는다.

어머니는 한평생 매운 시집살이로, 힘겨운 피난살이로, 불효막심한 아들며느리살이로 눈물 많은 한세월을 보냈다. 그럼에도 자신의 삶을 희생하면서 자식 위해 고생하며 눈물 많은 생을 마감하셨다. 어머니의 눈물이 없었다면 지금의 나는 가능했을까? 바보처럼, 마음 여렸던 우리 어머니. 하늘나라에서는 눈물 없이 편안하고 행복하시기를.

마음의 온도가 궁금해

　동생과 나는 여덟 살 터울로 외모나 성격, 사는 방식 등 뭐 하나 닮은 곳이 없다. 나는 아버지를 닮아 선이 굵은 편이고 동생은 엄마처럼 예쁘장하고 여성스럽다. 하고 싶은 말을 속에 담아두었다가 상처가 곪기 직전 터트리고 마는 나는 자기 욕심을 한껏 채우며 발랄하게 웃어버리는 시원시원한 동생이 부러울 때가 많았다.

　엄마의 바람과 달리 나는 가난한 남자를 만나 평생을 교직에 몸담았다. 동생은 소문난 부잣집으로 시집 가 아들을 낳고 힘든 줄 모르게 살았다. 엄마는 걸핏하면 나와 동생을 비교했다. 그 많은 좋은 혼처 다 놔두고 그리도 가난한 집을 골라 시집갔느냐며 타박이셨다. 가난하긴 해도 같은 교육공무원이었던 남편이 나를 아껴주었기에 살면서 내 의지대로 목소리를 내며 지낼 수 있었다. 동생은 부잣집에서 살았지만 자기주장을 펴지 못하고 힘들게 살림만 하다가 아들 교육문제로 호주로 이민을 갔다.

동생이 어쩌다 한 번씩 한국에 다니러 오면 우리 집에 머물다 가곤 한다. 이번에도 두 달여 지내면서 치과와 정형외과 치료, 종로 보석상과 명동과 남대문 등 자기가 계획한 서울나들이를 원 없이 하고 갔다. 이상한 것이, 나를 보면서 "언니는 볼수록 엄마 같아" 하는데 처음에는 기분 좋았던 말이 갈수록 뭔가 이상했다. 밖에 나가서는 힘든 줄 모르고 젊은이 못잖게 돌아다니면서 집에만 오면 손 하나 까딱하지 않는 동생을 조금씩 삐딱한 눈으로 보게 되었다. 살랑하게 웃으면서 말로 자기 할 일을 다 한 양 하는데, 나는 그런 동생이 얄미웠다.

올해로 동생은 일흔 살이다. 예전에야 일흔이면 상늙은이였지만 요즘 일흔은 늙은이 축에 끼지도 못한다. 피부 관리를 어찌나 잘해왔는지 탄력이 있고 윤기가 반드르르하다. 얼핏 보면 50대라 해도 믿을 정도이다. 머리 손질도 미용실에 다녀왔다고 할 만큼 혼자서 잘한다. 옷 입는 센스는 또 어떤가. 젊은이같이 감각이 남다르다. 이번에도 제대로 빼입고 하루 종일 외출했다가 들어와서는 "나 죽겠네" 하고 소파에 벌러덩 드러누웠다. 밥 먹기 전까지 꼼짝도 하지 않으니 기가 찰 노릇이었다. 아예 나한테 뭐든 다 해달라는 식이었다. 하루 이틀 지나면서 나의 스트레스는 머리끝까지 쌓여갔다. 동생은 아는지 모르는지 생글대며 신났다. 그녀가 힘들면 나는 배로 힘들 나이다. 덩달아 힘들다 할 수 없어 입을 다물지만 내 속은 새카맣게 타들어갔다.

하루는 내가 봉사하고 있는 시낭송모임에 동생을 데리고 나갔다. 회원들이 새로운 얼굴을 맞으며 내내 호들갑이었다. 얼굴이 예쁘다는 둥 의상이 예사롭지 않다는 둥, 하지 않아도 될 이야기를 하면서 어수선했다. 동생을 예뻐해주고 관심가져주니 고마우면서도 기분이 야릇했다. 진행자가 동생한테도 시 한 편을 낭독하길 권했다. 잠깐 망설이는가 싶던 동생이 씩씩하게 무대 위로 올라갔다. 낭독을 마친 동생이 자리로 돌아왔을 때 진행자가 "인물은 동생이 낫고 낭독은 언니가 낫네요"라고 말하는 바람에 장내는 삽시간에 웃음바다가 되었다. 동생은 은근히 그런 분위기를 즐기는 듯했다. 언니 덕분에 좋은 경험을 했다며 고마워하기까지 했다.

진행을 담당한 선생이 시 낭독하기 좋은 시모음집을 동생에게 선물로 주었다. 그런데 출국 준비를 하던 동생은 짐 가방에 시모음집을 넣지 않았다. 1년 전 내 글이 실린 문집을 기념으로 줬는데 그것도 책상 위에 그대로 올려져 있었다. 서운했다. 동생은 문학도 독서도 자신과 거리가 멀다고 했다. 그러니 가져가도 중요한 곳에 꽂아둘 리 없고, 분명 보지도 않을 거라는 것이었다. 이해 못할 건 아니지만 어쩐지 읽히지 않는 문화적 거리감이 느껴졌다.

출국하기 며칠 전, 그날은 쓰레기 분리수거를 하는 날이 었다. 나는 분리수거를 마치고 들어와서는 무심코 동생에게 한숨처럼 한마디 툭하니 던지고 말았다.

"목욕탕에 양말 담가놨는데 깜빡하고 헹구지 못했네."

아무 말 하지 말고 내가 했어야 할 일이었다. 동생이 퍽이나 언짢았는지 그대로 내 말을 받아쳤다.

"언니, 내가 그동안 말을 안 해서 그렇지, 나도 얼마나 힘든지 알기나 해?"

그때 나는 참았던 울화가 터지고 말았다.

"퍽이나 몸을 사리시네. 야! 넌 너만 힘들고 언니 힘든 건 안 보이나보다. 너 정말 왜이래? 넌 남보다도 못해. 다른 사람들은 우리 집에 오면 나 힘들까봐 커피도 종이컵에 타서 먹고 가. 너는 어떤데? 내가 해주는 건 당연하고. 언니 힘든 것도 몰라주고, 고마운 것도 모르는 애잖아."

"언니, 아무리 그래도 그렇지. 어떻게 나한테 남보다도 못하다는 말을 할 수가 있어?"

"네가 너무 애같이 구니까 그러지. 나도 홧김에 그랬다만, 너도 그러는 거 아니다."

우리 사이에 한참 동안 침묵이 흘렀다. 서먹해서 주위를 둘러보는데, 거실 통유리 속 동생의 어깨가 들썩였다. 돌아서 보니 동생이 울고 있었다. 마음이 아팠다. 나는 속상하게 해서 미안하다고 바로 사과했다. 동생도 눈치 없이 굴어 자신이 더 미안하다고, 언니 마음 아프게 하려고 했던 게 아니었는데 이렇게 되었다며 훌쩍였다. 우린 누가 먼저랄 것도 없이 서로의 손등을 토닥여주었다. 얼마 되지도 않아 풀어질 일을 가지고 뭘 했나 싶으니 동생한테 면목이 없었다.

눈물을 흘려 그랬는지 말로 풀어 그랬는지 동생과 나는 사이가 전보다 더 좋아졌음을 느꼈다. 이래서 소통이 중요하다고들 하나보다. 우리는 자주 표현하기로 했다. 표현하다 보면 행동으로도 옮겨지고 느낌으로 마음을 읽을 수 있다고 믿었다.

"언니가 엄마 같다면 생각만 그렇게 하지 말고 엄마한테 하듯 언니를 사랑해줘. 나도 그렇게 할 거야. 더 잘해주지 못해 미안하다."

"아니야, 언니 덕분에 편하게 지내다 가요. 고마워."

우리는 서양식으로 얼굴을 부비며 포옹했다. 날씨는 영하권이었지만 우리 마음의 온도는 따뜻해져서 훈훈한 분위기가 감돌았다.

의자

언제부터였나, 우리 집 의자들에게 눈이 자주 간다. 있는
듯 없는 듯 살아왔는데, 지나가면서 가끔 손으로 쓰다듬어
보기도 하고 빙긋 웃어주기도 하고 자리를 다시 잡아주기도
하면서 존재를 확인한다. 화장대와 식탁, 거실과 서재의 의
자들은 각기 다른 기능과 모양으로 식구 수보다 많다는 것
을 알게 되었다.

베란다 한컨에 마련한 꽃밭을 가꾸다가 피곤하면 앉아서
쉬는 의자는 발코니 중앙에 위치한 앤티크 테이블과 세트인
동그스름한 안락의자이다. 이 의자는 꽃을 가꿀 때 외에는
크게 사용하질 않는다. 내가 가장 오래 앉아 있는 의자는 단
연 화장대 의자이다. 하루를 시작하기 위해 앉기도 하고, 거
기 앉아 수시로 나를 바라보고 점검하기도 한다. 어느 순간
부터 나날이 흐려지는 나의 모습이 아쉽고 때론 서운한 마

음도 들지만 나는 그 의자에 앉아 거울을 볼 때가 가장 편안하고 행복하다.

그런데 몇 년 전부터 식탁 의자가 편해졌다. 아마도 글을 쓰기 시작하고부터이지 싶다. 이곳에 앉는 시간이 길어지면서 풀리지 않던 생각도 산책을 할 때처럼 술술 풀어져 나온다. 거기 앉아 창 너머 하늘을 보기도 하고, 바람 따라 계절 따라 변화하는 건물 밖 풍경을 관찰하기도 한다. 이 의자는 언제든 기꺼이 나를 안아준다. 몇 년을 더 함께할지 나도 의자도 알 수 없지만 오래도록 함께하고 싶을 뿐이다.

식탁 의자에 앉아 독서를 하고 습작도 하고 가끔 친구들을 초대해 식사를 하면서 살아가는 이야기를 나눈다. 하루가 기우는 시간, 각자 의자 등받이에 편안히 기대앉아 봄을 기다리며 석양을 바라보는 시간도 노후의 또 다른 즐거움이다. 저무는 서녘 하늘의 여유로움에 마음까지 느긋해진다.

거실 의자에 앉아서는 TV를 주로 시청한다. 코로나19로 외출이 불편했던 시기에 트로트바람이 세게 불었다. 나는 그동안에도 심심할 틈 없이 트로트와 친해졌고 채널을 돌려가며 트로트를 섭렵하는 열혈 팬이 되었다.

얼마 전까지만 해도 거실 의자는 앉아 있는 시간보다 누워 있는 시간이 많았다. 외출에서 돌아와 피로가 몰려올 때면 잠깐 조각잠을 청하곤 했다. 아주 오래된 의자인데, 결혼할 때 어머니와 함께 고른 것이어서 애착이 남다르다. 가죽이 오래되어 버릴까도 싶었지만 특별한 연인처럼 결단이 쉽지 않았다. 얼마 전에 리폼하여 새것처럼 사용하고 있다. 리폼 가격을 생각하면 요즘 유행하는 의자로 바꿀 수 있었으나, 어머니가 장만해주시기도 했고 나만의 소중한 추억을 간직하고 싶어 그만두었다. 녹색이었던 의자는 밝은 와인색으로 변신했다. 내가 좋아하는 색이고 특별히 유행을 타지 않아 마음에 든다. 50년을 함께한 것도 그렇지만, 나의 분신처럼 늘 함께한 의자여서 볼 때마다 마음이 편안해진다.

발코니 의자에 앉아 밖을 내다본다. 통유리 아래쪽으로 보이는 놀이터는 시간마다 계절마다 다른 이야기를 들려준다. 이번 겨울에는 유난히 눈이 많이 내렸다. 군데군데 눈사람 만드는 주민들이 놀이터 안을 분주하게 움직인다. 그 움직임 사이로 행복이 피어난다. 그 옆으로 조성된 건너편 정원 소나무는 언제나 좋은 기운을 보낸다. 저 소나무라면 어떤 시련도 거뜬히 이겨나갈 것 같다. 좁은 길 수레를 끌고 가는 어느 노부부의 걸음걸이는 느리고 무겁다. 그들은 수레 가득 정리한 상자를 싣고는 앞에서 끌고 뒤에서 밀어주며 서로의 힘을 나눠 걸어간다. 부부란 저런 것이구나, 하는 생각과 함께 나도 모를 쓸쓸함이 밀려왔다. 저들이 지금보다 나은 내일을 맞았으면 싶었다.

서재에는 책상 앞으로 일인용 의자와 그 옆으로 긴 의자가 놓여 있다. 남편 전용이었던 서재를 이용할 일이 없어져 그 의자들과는 서먹한 편이다. 손자손녀가 오면 그곳에서 놀기도 하지만 이제는 필요할 때만 가끔 들여다볼 뿐이다. 남편이 앉았던 서재 의자는 주인이 떠난 후로 누구도 앉지 않는다. 필요한 책을 찾거나, 내게로 온 책들을 정리하기 위해 서재에 들어가면 언제든 그 의자와 마주한다. 나는 책을 정리하고는 곧바로 서재를 나온다.

편리에 따라 의자를 달리 사용하기도 한다. 다양한 의자가 있다는 것은 각기 다른 용도가 있다는 의미이다. 하지만 각각의 추억과 이야기가 담겨 있어 언제 마주해도 우리 집 의자는 나에게 하나같이 익숙한 존재들이다.

문득, 나는 편안한 의자 같은 사람인가? 하는 의문이 들었다. 누군가 내게 기대어 편히 쉴 수 있는 의자 같은 존재로 살고 싶다고 생각한 적도 있다. 좋은 의자란 어떤 상황에서도 몸과 마음을 편안하게 해줄 수 있어야 한다고 생각하기 때문이다.

의자가 없는 삶을 생각하고 싶지 않다. 쉼도, 공부도, 사교도 없는 삶을 원하지 않는 것처럼. 가뜩이나 좋은 사람 만나기 어려운 세상, 나의 외로움을 달래주는 친구 같은 의자는 나에게 기다림의 상징이 된 지 오래다.

누구든 우리 집으로 와 편안히 쉬었다 가길 원한다. 식구들이 하나둘 집을 떠났지만 굳이 의자를 치우지 않은 이유이다.

출산의 기억

1960년대 후반에는 젊은이들로부터 미니스커트가 선풍적인 인기를 끌었다. 미국에 거주하던 가수 윤복희가 미니스커트를 입고 한국에 들어오면서부터였다. 그때 대학생이던 나도 유행에 민감한 편이어서 미니스커트를 즐겨 입었다. 그 때문인지 몸이 차가워졌고 기초체온도 떨어져 결혼 후 3년이 넘도록 임신이 안 되었다. 가장 민감한 반응을 보였던 이는 남편도 나도 시어머니도 아닌 친정 엄마였다.

그 옛날 19살인 엄마와 16살 아버지는 결혼해서 10년 가까이 대를 잇지 못해 쫓겨날 위기에 처했다. 그때 가까스로 내가 태어나 위기를 넘겼다고 한다. 엄마는 복덩이인 나를 낳으면서 4년 터울로 아들과 딸을 더 얻었다. 혹시나 내가 엄마를 닮아 임신이 안 되나 싶어 엄마는 추운 겨울날 흑염소를 준비해 오셔서 구이, 볶음, 탕 등으로 맛나게 요리를 해주었다. 고기 맛은 소고기와 같았다. 엄마가 요리해주신 대로 잘 먹어서였을까 몸이 따뜻해지면서 아이가 바로 들어섰다.

아기가 태어나자마자 남편이 딸 이름을 지어 호적에 올렸다. 나는 출생신고를 하고 온 남편과 결혼하고 처음으로 부부싸움을 했다. 아기 이름을 국제화시대에 걸맞게 지었다며 건네준 종이에는 '이럿셀'이라고 적혀 있었다. 이 이름 때문에 딸아이는 어디서나 관심의 대상이 되었고 이름에 대해 질문하는 이도 있었다. 심지어 아빠가 외국사람이냐고 묻기도 했다. 특히나 학교에서 '국어사랑, 나라사랑'을 강조하던 국어교사인 나는 딸의 이름을 이야기하기가 부끄럽고 자존심이 상해서 급기야 내 마음대로 딸의 이름을 '지현'으로 지었고 그렇게 불렀다. 생활하면서 럿셀보다 지현으로 부를 때가 더 많아졌다. 무엇보다 집안 어르신들은 발음이 어려워서인지 지현으로 부르는 걸 더 좋아했고 편하다고 했다.

훗날 딸은 자신이 흑염소 먹고 세상에 태어났다는 이야기를 할머니에게 듣고는 무척 신기해했다. "엄마, 나 흑염소 먹고 태어났어요?"라고 묻던 딸이 조금 더 커서 동생이 필요하다며 "엄마, 흑염소 한 마리 더 먹으면 좋겠다"고 했다. 딸의 희망사항에도 나는 흑염소를 먹지 않았다. 그렇다고 피임약을 먹은 것도 아니었다. 딸의 부탁에 노력을 한 것도 아니고, 노력을 안 한 것도 아니었다. 임신도 어려웠지만 출산도 힘들었던 그 시절. 옛날에는 출산하고 한 달 만에 출근하여 수업을 해야만 했다.

　호기심 많은 학생들이 출산 시 어땠느냐고 진통에 대해 질문을 해왔다. 나는 가급적 적나라하게 이야기를 해주곤 했다. 그 학생들이 세월이 많이 흐른 뒤에 출산의 고통으로 고생할 때 내가 해준 이야기가 떠올라 도움이 되었다고 연락을 하곤 했다. "하늘이 노랗게 보이면 때가 되었고, 하늘이 파랗게 보이면 아직 멀었다"고 한 내 말이 생각나 창밖의 하늘을 보았는데 파랗게 보여 계속 진통을 참아야만 했다는 얘기를 하면서 선생과 제자들은 한바탕 웃음 파도를 만들었다.

　아빠를 쏘옥 빼닮은 딸은 아빠가 좋으냐, 엄마가 좋으냐, 물으면 누가 뭐라 해도 아빠가 최고라고 했다. 내가 보기에도 그럴 만했다. 모습도 성격도 식성도 어쩜 그렇게 닮았는지, 확인되는 순간마다 놀라웠다. 엄마보다 아빠를 더 좋아하는 딸이 야속할 때마다 내 편이 될 아들 하나 더 낳고 싶은 마음이 굴뚝같았지만 마음뿐 쉽지 않았다.

　딸은 미국으로 이민간 집안에 시집을 가게 되었다. 이젠 미국식으로 남편의 성을 따라 황 씨가 되었고 이름은 '서윤'으로 다시 바뀌었다. 본인의 의지와는 상관없이 이름이 세

개나 되는 이름부자가 되었다. 남매를 낳아 아이들 교육과 뒷바라지로 하루하루 바쁘게 보내고 있는 딸아이가 안쓰럽다. 무남독녀로 자라, 어릴 땐 자기만 아는 아이처럼 차갑기만 했는데 불혹의 나이가 되면서 철이 들었는지 조금씩 엄마를 이해하는 품 넓은 딸이 되었다.

어느 날 딸은 갑자기 "엄마, 가까이 못 모셔서 미안해요. 엄마와 함께 살면 좋겠어요" 하며 전화로 자신의 마음을 전해왔다. "함께 살 날이 오겠지. 아직은 아니니까 미안해하지 마" 하고 내 마음을 보여주면, "아프지 않고 건강하게 살아줘서 고맙고 존경스럽다"고, 딸은 속마음을 또 내 귀에 대고 속삭여주었다.

"사랑하는 딸아, 동생을 원했는데 너를 외롭게 해서 미안하다."

전화 통화를 끝내고 공연히 혼잣말을 하다가 깊은 상념에 빠져들었다. 인간은 너나 할 것 없이 모두 외로운 존재이다. '우리는 서로가 외로운 사람들'이라는 노래 가사처럼 세상에 외롭지 않은 사람은 없다. 나는 딸에게 동생이 있어도 외로운 건 마찬가지였을 거라고 혼잣말을 했다. 말은 그렇게 했어도, 못내 아쉬운 걸 보면 나 또한 아이 하나쯤 더 낳았어도 좋을 뻔했다.

감사의 힘

'시절인연'이란 말이 있다. 모든 인연에는 오고가는 시기가 있다는 뜻이다. 굳이 애쓰지 않아도 만날 인연은 만나게 되어 있고, 갖은 애를 써도 만나지 못할 인연은 만나지 못한다는 말이다. 헤어짐도 마찬가지다. 모든 존재들이 헤어지는 건 인연이 딱 거기까지이기 때문이다. 피천득은 그의 글 「인연」에서 "어리석은 사람은 인연을 만나도 몰라보고, 보통 사람은 인연을 알면서도 놓치고, 현명한 사람은 옷깃만 스쳐도 인연을 살려낸다"고 했다. 그 말을 곱씹는 요즘이다.

젊은 날, 나에게 인연을 만들어준 S선생은 학교 동료였다. 그 선생 덕분에 남편을 만났고 40년 넘게 동고동락同苦同樂했다. S선생은 독특한 매력으로 모두의 부러움을 샀다. 짧은 치마 한복 패션을 즐겨 입었으며, 긴 머리를 예쁘게 말아올리고, 향수를 아끼지 않아 한번 스쳐 지나가면 향수 냄새가

진동했다. 이화여자대학교 불문과 출신으로 지성은 물론 미모까지 갖춘 엘리트였다.

어느 날 S선생이 내가 수업하는 5층 교실로 찾아왔다. 죄송하다는 말과 함께 확인할 일이 있다고 했다. "혹시 이 선생과 사귀는 사이냐" 하고 한 치 망설임도 없이 묻는데, 나는 기분이 퍽 언짢았다. S선생이 이 선생한테 관심이 있다는 걸 느낌으로 알고는 있었는데 무슨 뜬금없는 소리인가 했다. 솔직히 말하면 좋을 일을 왜 돌려서 떠보는 건지 속마음을 알 수 없었다. 마음을 가라앉힌 나는 "전혀 사실이 아니니까 안심하고 그분과 잘 지내시라"고 답했다.

종일 신경이 쓰였다. 이 선생에게 전화를 해 퇴근 후 찻집에서 만났다. S선생 이야길 하면서 불편한 감정을 토로했다. 이 선생은 미안하다는 말과 함께 자초지종을 설명했다. 옆자리에 앉은 S선생이 걸핏하면 애인 있느냐고 물어서 아무 생각 없이 있다고 한 것인데, 그녀가 누구냐? 뭐하는 사람이냐? 하며 집요하게 물어서 무심코 내 이름을 말해버렸다는 것이다. 사과하는 의미에서 저녁을 사겠다며 응해달라고 부탁했다. 나는 마지못해 따라나섰다.

그는 식사하면서 묻지도 않은 자기 집안과 학벌 얘기를 하나하나씩 풀어놓았다. 홀어머니 슬하에 3형제가 있는데 그가 장남이었다. 배재고등학교 출신으로 해군사관학교에 합격한 우등생이기도 했다. 사과하겠다는 식사자리에서 할 애기는 아닌 것 같아 점점 부담스러웠다.

식사 후 귀가하기 위해 버스에 올라타는 나에게 이 선생은 토요일 아무 시에 명동 ○○찻집에서 만나자며 손을 흔들었다. 그때 그 찻집에 나가지 않았다면 나의 인생은 어떻게 달라졌을까.

가난한 집 맏아들이라는 이유로 부모님 반대가 완강했다. 그럼에도 굴하지 않고 나는 그와 결혼했다. 살면서 부모님이 왜 반대했는지 알 것 같았다. 남편 일로 힘들 때마다 S선생이 저절로 떠올랐다. 그녀는 복도 많다며 푸념하곤 했다. S선생은 지금 어디에서 누구와 행복하게 살고 있을까?

나는 부유한 아버지 덕분에 비교적 좋은 환경에서 자랐다. 경제적 아쉬움은 그래서인지 없었다. 돈은 벌면 되는 거였으니까. 사람만 좋으면 돈은 없어도 좋다고 생각했던 순수한 시절이었다.

나는 우량아로 태어나 자라면서 모습이 늘 두루뭉술했다. 선이 굵어 부잣집 맏며느리감이라는 말을 자주 들었다. 맏며느리는 맞았는데 나머지는 아니다. 부모님 반대에도 가난한 남자와 결혼하여 평생 교직생활로 정년을 맞아 어머니를 안타깝게 해드렸다. 외로움이 밀려올 때마다 스스로를 다독인다.

인생 후반전을 맞이한 나는 고정관념을 깨고 생각의 전환점을 맞았다. 가난한 집에 시집 와서 젊은 시절 고생을 많이 한 덕분에, 편안한 노후를 보낼 수 있는 거라고 생각을 바꾸었다. 모든 것에는 총량의 법칙이 존재한다고 하지 않던가. 그러고 나니 S선생이 고마웠다.

요즈음은 눈만 뜨면 감사하는 마음으로 하루를 시작한다. 가고 싶은 곳을 내 발로 걸어갈 수 있으니 행복하다. 하고 싶은 것들을 배우고 즐기는 삶이 허락되어 하루를 감사의 마음으로 마무리한다. '범사에 감사하라'는 성경 구절은 기쁘고 좋은 일뿐만 아니라, 슬프고 나쁜 일에도 감사하라는 뜻이다. 쉽진 않지만 "감사는 가장 큰 기쁨이요, 가장 높은 지혜다"라는 말을 가슴에 담아본다. 감사하는 마음으로 살아가면, 세상이 조금 더 살기 좋은 곳이 될 수 있을 테니까.

그러고 보면 감사의 힘은 대단하다. 그것을 느끼며 아름다운 세상을 바라본다.

있을 때 잘해

옛날엔 결혼할 때 반드시 궁합을 보았다. 나도 남편과 만날 때 호기심으로 미리 궁합을 보았는데 우리 둘은 상극이었다. 명리학을 공부한 적은 없지만 호랑이띠와 닭띠로 생각할수록 어울리지 않는 게 맞다 싶었다. 남편 집안은 예부터 불교를 믿어서인지 궁합을 중요시했다. 그럼에도 우리는 결혼을 하는 데 주저하지 않았다.

우리 집에서는 홀어머니를 모시는 장남이라고 남편과의 결혼을 완강하게 반대했다. 자식 이기는 부모 없다고, 내 뜻대로 부부의 연을 맺었다. 시집 식구들과 함께 신혼생활을 시작하면서 때가 되면 음식을 준비하고 함께 먹는 일을 되풀이하면서 그런 일을 해보지 않은 나는 힘이 들었다. 저녁에는 남편과 시동생, 시누이의 귀가 시간이 각각 달라서 밥상을 세 번이나 차려야 했다. 처음에는 어려움이 없었지만

날이 갈수록 시집살이를 벗어나고 싶은 생각이 나를 괴롭혔다.

어느 날, 신문 광고에 국어교사를 모집한다는 문구가 눈에 들어왔다. 출구가 필요했던 나는 곧바로 서류를 챙겨 해당 학교에 방문했다. 면접 후, 합격 소식과 함께 다음날부터 출근했다. 그 학교와 인연이 되어 천직인 줄 알고 열심히 출근했다. 경기도에 위치한 학교여서 서울이 집인 나는 학교 근처에서 자취를 했다. 남편과는 자연스럽게 주말부부가 되었다.

같이 살 때는 할 말이 별로 없었는데, 주말부부가 되니까 만나면 할 이야기가 참 많았다. 젊은 시절이어서일까, 대화 거리도 다양했다. 어느 날, 남편은 "착하게 살아라"가 우리 집 가훈이라는 말을 뜬금없이 해주었다. 나는 속으로 험난한 세상에 착하게만 살면 살아남기 힘들 텐데, 하는 생각을 했다. 그렇지만 모처럼 나누는 대화에 토를 달기 싫어서 고개만 끄덕였다. "어머니는 바꿀 수 없지만, 아내는 바꿀 수 있다"는 말에는 너무도 엉뚱해서 소리내 웃었다. 시집 식구들에게 잘하라는 뜻으로 해석되어 생각할수록 남편의 속내가 깜찍했다. "효자문 만들어야겠네" 하면서 그의 말에 장단을 맞춰주었다.

궁합이 안 좋다고 들어서일까, 나는 남편의 사사로운 일들에도 서운할 때가 종종 있었다. 나보다 어머니와 친구를 더 좋아해서 외롭게 할 때도 적잖이 많았다. 지나고 보면 별 거 아닌데도 그랬다. 성공한 친구나 어려운 친구나 모두 남편을 좋아했다. 당시 나는 그런 남편을 인정하지 않았고 불평불만이 쌓였다. 자주 술자리가 이어지면서 저축이 불가능했다. 가정적인 남자, 그리고 나만을 사랑해주는 남자에 대한 꿈은 점점 더 멀어져만 갔다.

　언젠가는 월급 문제로 큰 싸움이 벌어졌다. 1개월 봉급 전부를 의논도 없이 어려운 친구에게 줘버린 것이다. 그 바람에 가정경제가 균형을 잃고 냉랭한 기운이 오랫동안 집안을 감쌌다. 몇 년 후, 더 큰 사건은 내 인생의 전환점이 되었다. 나와는 의논도 없이 사업하는 친구에게 보증을 섰다. 남편에 대한 믿음이 깨지면서 내가 무시당하고 있다는 생각에까지 이르렀다. 나는 주저하지 않고 이혼을 거론했다. 그도 잘못을 인정했기에 우리는 그해에 합의이혼을 했다. 딸이 시집갈 나이가 될 즈음, 친정어머니는 돌아가시면서 딸을 위해 합칠 것을 유언으로 남겼다. 이런저런 일로 나를 실망시키긴 했어도 그는 좋은 사람임에 분명했다. 어머니도 그의 사람됨을 알았기에 나에게 그런 제안을 하신 거였다. 우리는 이혼 후 어머니 덕으로 다시 만나 재혼을 하면서 갈등 없이 조용히 새 삶을 이어갈 수 있었다.

황혼에 접어들면서 남편은 간경화 진단을 받았다. 좋아하
는 술을 끊어야 했는데 그러질 못했다. 결국 간암으로 악화
되어 병원을 자주 왕래했다. 내시경으로 간암 세포를 제거
하고 완치되었다고 기분 좋아했는데, 겁도 없이 또 술을 마
셨다. 나는 양심이 없는 사람이라며 구제불능이란 말을 홧
김에 하고 말았다. 6개월 후 병원에서 검사를 하고 주치의
를 만났다. 암세포가 다시 생겨 내시경으로 잡아 제거하는
수술을 해야만 했다. 이런 생활을 10년 가까이 반복했다.

　어느 날 주치의가 대장 쪽에도 문제가 있는 것 같다며 검
사를 다시 해보자고 했다. 대장암으로 결과는 심각했다. 대
장암 수술을 하면서 간암세포가 전이되어 수술 전보다 모든
것이 힘들어졌다. 살도 빠지고 식사도 잘 못하고 입원하는
시간이 길어졌다. 그도 나도 지쳐갔다. 우리는 대장암 수술
을 후회했다. 얼마 후, 주치의가 마음의 준비를 하라고 하면
서 3개월을 넘기기 힘들 거라고 했다.

　임종 무렵, 미국에 사는 딸이 도착할 때까지 생명을 연장
하는 주사를 계속 맞으면서 가까스로 부녀는 상봉했다. 기
운이 없어 아무말도 못할 때였는데, 잡은 손끝에 미동이 느
껴졌노라고 딸은 말했다. "아빠는 내가 온 것을 알고 반응했
어" 하면서 통곡했다.

　장례식장에 조문객이 계속 이어졌다. 그중에 남편의 친구

들이 많은 것을 보고 그가 인생을 참 잘 살았구나, 하는 생각
이 떠나지 않았다. 그들은 나를 앉혀놓고 추억담을 들려주
었다. 그를 칭찬하는 미담들이 밤새도록 쏟아져나왔다. 여
학생들한테 인기가 많았다는 얘기도 하고, 공부를 잘해 해
군사관학교에 합격한 인재라는 얘기도 해주었다. 바둑 실력
도 좋아 기대표로 바둑대회에서 우승했던 이야기를 들려줄
때는 그가 그리워 영정사진을 올려다보았다. 함께 살아오면
서 가장 많이 했던 말이 술 때문에 짜증이 나서 '지겨워', '못
살아' 이런 말이나 하기 바빴지 남편에 대한 존경심이 내 마
음에 존재했었나 싶어 미안하고 부끄럽기만 했다.

어느 날 남편이 했던 말이 생각난다.

"나를 아는 사람들이 나를 모두 좋아하는데 딱 한 사람 우
리 마누라만 나를 싫어하지."

그날 장례식장에서 남편 친구들이 들려준 수많은 미담들
이 남편에 대한 나의 생각을 바꿔놓았다. 살아생전에 존경
한다는 말을 못 한 것이 못내 아쉬움으로 남았다. 남편이 술
먹는 것이 싫었던 나는 제대로 된 술상을 차려서 기분 좋게
술 한잔 따라주지 못한 것이 후회가 되었다.

기일이 오면 남편이 좋아하는 음식 차려놓고 그가 그리도
좋아했던 소주를 술잔에 담뿍 담아 존경하는 마음과 함께

따르곤 한다. 이런들 무슨 소용이 있을까. 그럴 땐 "있을 때 잘해"라는 말이 떠올라 나를 시시때때로 어지럽게 한다.

제2장

그리움은 별이 되고
나비가 되고

나비 찻잔에 담긴 따뜻한 차 한 잔과 싱그러운 음
악 그리고 좋아하는 작가의 책이 있으면 더는 바
랄 것이 없겠다고 생각했는데, 갑자기 멀리 있는
딸이 생각난다. 느긋한 마음으로 시간을 늘려본
다. 그 사이 나비가 나풀대며 나에게로 날아든다.

「나비와 나」 중에서

사연이 많은 옷탐

    나는 스스로 정리벽이 유별나다고 생각하는데 옷 정리만큼은 그렇지 않은 것 같다. 하나같이 추억이 묻어 있어 잊었던 이야기를 들려주는 것 같아 쉽게 정리가 안 된다. 그래서 수십 년 된 옷도 옷장 한 자리에 그대로 있다.

    우리 집에 친구들이 놀러오면 옷장구경은 기본이다. 3개의 옷장을 열어본 사람들의 공통적인 이야기는 "연예인 옷방 못지않네"로 시작되는데, 이 말을 들을 때마다 내 기분은 무너지곤 한다. 옷이 아무리 많아도 막상 필요할 때 입을 마땅한 옷이 없기 때문이다. 외출할 때 입을 옷이 없다고 하면 듣는 이들의 표정 또한 예상했던 대로 좋지 않다. 아무래도 믿기지 않는다는 눈치들이다. 친지들이 방문하는 날은 함께 옷장을 열어젖히고 한바탕 패션쇼를 한다. 마음이 약해 정리를 못하는 나는 이때다 싶어 그들이 마음에 들어하는 옷을 선물한다. 운 좋게 선택받은 옷들은 세상 밖으로 나와 새로운 주인과 더불어 한껏 날개를 펼친다.

나한테 옷이 많은 건 옷을 좋아하는 이유도 있지만, 한번 사면 버리지 않는 데 있다. 재직 시 학생들에게 관심을 받고 싶어서 유난히 옷에 신경을 쓰고 집착했었다. 그때는 비교적 가격이 나가는 옷들을 구입해, 버리려면 아깝다는 생각이 먼저 들었다. 옷은 유행에 민감해 한 차례 트렌드가 바뀌고 몇 년이 지나면 다시 꺼내 입어도 무리가 없었다. 액세서리를 바꾸거나 스카프로 색다르게 연출하면 전혀 다른 옷처럼 변신이 가능한 것도 장점이었다.

당시 학생들은 별의별 것들로 순위를 매겼다. 선생들까지 그들의 관심대상이어서 웃지 못할 일들이 벌어지곤 했다. 외모는 기본이고 학생을 가르치는 실력과 패션까지 범위가 다양했다. 나는 학생들에게 패션 감각이 남다른 선생으로 알려져 거의 1등을 놓치지 않았다. 그게 뭐라고, 표시는 안 냈지만 기분이 또 좋았다. 내가 새로운 옷을 입고 출근하거나 디자인이 특이한 옷을 입을 때면 학생들은 단박에 알아보고 반응을 보였다.

그땐 젊은 시절이었다. 그래서 그런 심리가 오랫동안 작용했던가보다. 감수성이 예민한 여학생들이라 선생님들의 머리 모양이나 옷 등 새로운 모습에 민감하게 반응하면서 수업 분위기가 화기애애했기에 나는 이런 점을 순기능으로 이용했다. 한참 호기심이 많은 학생들은 젊고 예쁜 선생님을 사랑하고 좋아했다. 특히 총각 선생님에게는 정도가 지나쳐, 하숙방까지 침범하기도 했는데 말 못할 해프닝까지 벌어졌다. 이런 학생들에게 경력이 많은 선생님은 어렵고, 무서워서 가까이하기엔 너무 먼 사람이었다. 나도 어느새 그쪽에 한 사람이 되었다. 그래서 조금이라도 젊어보이고 싶고 개성 있는 선생으로 기억되고 싶어 나름 노력을 게을리하지 않았던 것 같다.

술을 좋아하는 남편이 사고를 칠 때마다 마음둘 곳이 없었다. 집안 이야기를 친정 식구들이나 친구들에게 얘기할 수도 없고 속으로만 앓았다. 그러면 혼자 쇼핑하면서 아무일 없는 사람처럼 좋아하는 옷을 구입해 스트레스를 풀었다. 이 방법 외에 달리 기분 푸는 방법을 몰랐다. 힘들 때는 술로 푸는 사람도 많다지만 남편의 술 사랑이 지긋지긋해서 나만이라도 피하고 싶었다.

옷에 관련해 유명한 말을 남긴 사람이 있다. "삶은 가까이서 보면 비극이요, 멀리서 보면 희극이다"란 말로 우리에게 인생을 관조하는 지혜를 일깨워준 찰리 채플린. 그는 "나는 그 배역에 대해 전혀 감을 잡지 못했다. 그러나 내가 옷을 입는 순간, 의상과 분장은 마치 내가 그 인물이 된 것처럼 느끼게 해주었다. 나는 그 인물을 알아가기 시작했고, 무대에 올라서는 순간 내 안의 그는 완전한 인물로 태어났다"는 명언을 남겼다. 그의 말대로 패션이 단순한 옷의 문제만은 아니라는 사실을 이해할 수 있었다. 내가 어떤 옷을 입느냐에 따라 내가 서 있는 자리, 나를 바라보는 학생들의 자세는 분명이 달라보였다. 나에게 맞는 옷은 그만큼 중요했다.

그런 면에서 옷과 글은 지나치게 꾸미면 자연스럽지 못하고 아름답지 못하다는 말에 공감한다. 온몸을 명품으로 치장한 사람을 만나면 거부감이 먼저 느껴지고, 꾸민 듯 꾸미지 않은 자연스러운 옷을 입은 사람을 보면 왠지 편안한 느낌을 받는다. 진정한 패션은 자신에게 어울리는 옷을 멋지게 소화해 입을 때이다. 채플린의 명언처럼 패션은 단순한 옷의 문제가 아니라 그 사람을 나타내주는 분위기 자체이지 않을까. 옷을 좋아하는 나는 추억을 버리지 못해 정리를 못하는 것이지 욕심이 있어서도 명품이기에 집착하는 것도 아니다. 이마저도 하나씩 덜어내는 중이지만.

하루아침에 되지는 않겠으나, 이웃들이 좋아하는 옷을 가져가면서 내 옷장도 조금씩 헐거워지고 있다. 그리고 무엇보다, 언제까지 내가 옷을 탐할 수 있겠는가.

그날이 오면

그날이 오면 나는 남산공원으로 간다. 이 일은 아주 오래 전부터 해오고 있다.

그날은 그의 생일이다. 아침에 일어나 시간에 쫓기지 않고 늘 하던 대로 움직이다보면 그곳에 닿아 있다. 혼자 가는 길이라고 해서 외로운 것도 아니고 멀거나 지루하지도 않다. 놓치지 않고 가던 길이니 친숙하고 옛일을 추억하며 걷다보면 그때로 돌아간 듯 다시 젊어지는 기분이 들기도 한다.

그곳에 가면 예나 지금이나 똑같이 반겨주는 꽃들이 있다. 비비추와 참나리인데 이 꽃들을 마주할 때면 그의 얼굴이 떠올라 저절로 걸음이 멈춰지고 슬쩍 미소 짓게 된다. "차 한 잔 하실래요?" 누구에게인지 모를 심심한 말을 걸어본다.

한 번쯤 만나고 싶은 사람, 한 번쯤 스쳤을지도 모를 그 사람. 잘 지내고 있겠지? 그때 우린 어쩔 수 없는 이별을 선택했지만 나는 그 사람이 생각날 때면 우리가 함께 했던 그곳을 찾곤 한다. 그와 걸었던 길을 걷고 그와 나눴던 이야기를 생각하며 감상했던 꽃과 사람들의 웃음소리와 힘든 줄 모르고 걸어서 도착한 N타워가 서 있는 공원에서 서로 마주 보며 수줍게 웃었던 모든 장면들이 떠올랐다. 하늘 높은 줄 모르고 높게 치솟은 N타워를 맑은 하늘과 같이 한 장의 사진으로 담으려니 쉽지 않았다. 나는 조금씩 뒤로 물러나며 N타워가 제대로 들어오기를 기다렸다. 그러면서 그와의 추억도 하나둘 세어보았다.

살아가면서 무엇이 중요한가는 나의 선택에 달려 있었다. 추억은 소중하고 소중한 것을 간직하는 것으로 의미가 있다. 만나서 좋은 사람이 있고 그 사람의 행복을 빌어주는 것만으로 좋을 때도 있다. 어디에 있든 잘 지내면 되는 거 아니냐며 훌훌 털어 보내면서도 매번 미련에 이끌려 이러는 건 내 안의 연민이겠다.

시장기가 느껴졌다. 눈에 띄는 대로 제일제면소로 들어가 전망이 좋은 자리에 앉았다. 서울이 한눈에 내려다보이는 곳, 막혔던 가슴이 트이는 기분이었다. 다시 그 사람이 생각났다. 남산공원에 오면 왕돈까스를 먹곤 했는데…. 나는 망설임 없이 차림표에서 '옛날 돈가스'를 주문했다. 시간은 흘렀지만 맛은 그대로인 게 신기했다. 돈가스를 먹으면서 "우리가 이 음식을 함께 먹을 날이 정녕 오기는 할까요?" 하며 누군가 앞에 앉아 있는 것처럼 혼잣말을 했다. 여우가 어린 왕자에게 했던 말은 몇 번을 읽어도 좋았다. 나는 그를 흉내내면서 '네가 4시에 온다면 난 3시부터 행복할 텐데…'라고 따라서 그 문장을 읊조렸다. 그가 온다면 나도 기꺼이 그럴 수 있었다.

식사를 마치고 늘 해왔던 것처럼, 하트 모양의 고무 재질로 된 메모판에 하고 싶은 말을 옮겨 적었다. 그동안 그의 소식을 접하며 그에게 축하하고 싶은 일이 많았지만 다 적을 수 없었다. 오늘도 나는 그곳에 적어본들 아는 사람이 없는데도 내 마음을 끝내 감추고야 말았다. 어디선가 들려오는 노랫말이 내 이야기 같아서 눈물날 때가 많았다는 말도 차마 적지 못했다. 오후 2시쯤, 하트 쪽지를 들고 34도가 넘는 폭염 속으로 다시 길을 나섰다. 준비한 하트 메시지를 젊은 연인들이 하듯 나무에 매달았다. 소소하지만 확실한 행복은 이런 것이구나 하면서 나는 그 짧은 순간을 즐겼다.

공원을 산책하면서 한 번도 걸어본 적 없는 길고 높은 '사랑의 계단'과 마주했다. 연인들이 함께하면 좋을 장소였다. 한 계단씩 올라설 때마다 계단의 글귀가 선명하게 눈에 들어왔다. 나는 'Great for me', 'Enjoy', 'I love you', 'Together' 등의 달콤한 단어들을 읽어가면서 사랑의 계단을 끝까지 올라갔다. 그를 향한 그리움을 꾹꾹 누르며 오르자니 숨이 차올랐다.

또다시 내 시선은 N타워 앞에서 멈추었다. 가까이 가서 살펴보니 지난해에 볼 수 없었던 아담하고 새로운 건축물이 매표소 맞은편에 자리잡고 있었다. 토정비결과 애정운을 기계로 보는 곳이었다. 재미삼아 투입구에 천 원을 넣고 버튼을 눌렀다. 결과지를 펼쳐 그달, 팔월의 운세를 읽었다. "팔월에는 일이 순조롭게 풀리겠고 번창하겠으니 마치 뜰 앞의 난초 향기가 가히 아름다운 격이로다. 재물과 이익이 항상 있겠으며 이름이 사방에 떨쳐지리라. 재물이 풍부하고 몸이 편안하니 더 이상 바랄 것이 없는 아주 좋은 괘로다." 재미로 본 거였지만, 여직 그와의 만남이 없는데 '더 이상 바랄 것이 없다'니, 그건 말도 안 되는 말이었다. 그렇지만 나이와 관계없이 띠별로 모두 똑같은 내용이라는 걸 알면서도 종이 한 장의 위로에 그저 기분이 좋아졌다.

젊어서 나는 건강미 넘치는 다리를 가졌다는 말을 많이 들었다. 튼튼한 다리 덕분에 꾸준히 집 주변 산책로를 걷고 남산공원에도 자주 찾을 수 있었다. 앞으로 이곳을 몇 번이나 더 올 수 있을까? 갑자기 초조해지면서 조바심이 났다.

"현명한 외면外面보다는 열정적인 실수가 더 나은 법이다." 이 말은 그의 외면이 현명하다고 생각하기에 우린 만날 수 없다고 스스로 의미 짓는 말이다. 그럼에도 그날이 오면 기어코 이곳에 오고야마는 나의 어리석음을 합리화하는 혼자만의 중얼거림을 열정적인 실수로 빗대었다.

문득, 우정여행이란 단어가 내 머리를 스쳤다. 우연이라도 그를 만나게 되면 어딘가로 훌쩍 여행이나 한번 떠나자고 하고 싶다.

길을 내려오면서 또다시, 지난 기억들이 아로새겨진다.

나비와 나

　빈 찻잔을 바라본다. 아직 온기가 남아 있는 찻잔은 입술 자국이 남은 채로 식탁 위에 놓여 있다. 잔 속으로 추억이 내려앉는다. 너를 볼 수 없는 시간, 너를 기다려야 하는 시간이 너무나 공허하고 아득하다. 이런 기다림조차 나에게는 사랑의 방식이란 걸 안다.

　이 찻잔은 미국에 살고 있는 딸이 어느 해 생일선물로 보내줬다. 내가 나비를 좋아하는 걸 딸은 기억하고 있었다. 손잡이가 나비 모양을 한 찻잔으로 각기 다른 색인데, 한 세트씩 짝을 이룬 찻잔은 기분에 따라 선택할 수 있어서 용이하다. 분홍색, 하늘색, 연두색으로 바탕색은 꽃무늬를 입힌 흰색이다. 버들잎인지 벤자민 잎인지 위에서부터 줄기가 중간쯤 늘어졌다. 늘어진 이파리에 무당벌레 한 마리 앙증맞게 매달린 것이 이 잔의 특징이다. 딸에게 하듯 무당벌레를 쓰다듬는다. 그리움에 마음이 젖지만, 우리는 얼마간 이처럼 그리워하며 지내야 한다.

그동안 딸이 선물로 보내준 생활용품들이 장식장 안에 하나둘 늘어갔다. 저마다 나비가 장식돼 있다. 보석함, 브로치, 반지, 목걸이, 거울, 책갈피, 지갑 등 다양한 나비 문양들이 볼수록 마음을 흐뭇하게 한다. 어쩌다가 내가 나비를 좋아한다는 소문이 나는 바람에 친지들도 나비와 관련된 물품을 보면 구입해 선물로 보내준다. 덕분에 나는 나비용품 수집가가 되었다. 여행할 때나 쇼핑할 때 나비가 있는 소품을 만나면 망설이지 않고 사게 되는 건 오래된 습관이다.

바다가 보이는 전망대 카페에서 차를 마신다. 그 집 찻잔에도 예쁜 나비가 앉아 있다. 나는 나비를 보며 활짝, 꽃처럼 웃는다. 금방이라도 나비가 내게 안길 것만 같다. 공간의 분위기와 차향은 마음까지 편하게 해준다. 잔을 드니 받침에도 꽃과 나비가 새겨졌다. 순간 나는, 나비가 되고 싶다고 생각했다. 함께 앉은 사람들이 나비와 나를 번갈아 바라보았다.

TV 노래 프로그램 배경화면에 수백 마리의 나비가 팡파르와 함께 날아올랐다. 마음이 절로 설렜다. 나도 그 나비가 되어 그리운 사람에게 날아가고 싶었다.

한번은 제자가 자기 집에 나를 초대했다. 그 집 거실에 장식해놓은 '나비 액자'가 먼저 눈에 들어왔다. 하나가 아닌 여러 개로, 제자는 인테리어를 나비 소품으로 채워놓았다. 하나같이 작품이 새롭고 뛰어나서 주인의 남다른 감각이 엿보였다. 감탄하는 나에게 "선생님이 나비를 좋아하셔서 저도 나비를 좋아하게 되었어요"라며 고백하는데 제자의 얼굴이 꽃빛으로 화사했다. 식사를 하고 나서던 참이었다. 제자는 나비 액자 두 개를 포장해 나에게 선물로 안겨주었다. 고마운 마음으로 받기는 했는데, 겉으로는 고마움을 솔직하게 표현하지 못했다. 집으로 돌아오는 발걸음이 나비가 날듯 즐거웠다.

"꽃이 나비를 기다리고, 나비가 꽃을 찾아가는 것은 자연의 이치인데…" 하는 생각이 돌아오는 발길 따라 내내 따라왔다. 나는 왜 나비가 좋은 걸까. 또 나는 왜 〈나는 나비〉라는 노래를 좋아할까. "날개를 활짝 펴고 세상을 자유롭게 날 거야"라는 노랫말처럼 나는 세상을 자유롭게 날고 싶은 걸까. 무엇에 얽매인 것도 아닌데, 자꾸만 어딘가로 날아가고 싶다. 가끔 외롭거나 쓸쓸할 때, 나는 나비와 관련된 노래를 부르거나 들으면서 얼마의 위안을 받는다.

문득 '나비'의 두 음절이 들어가는 문장을 생각해 보았다.

'나는 준비하는 사람이다' 준비성이 부족한 나에게 어울린다는 생각이 들었다. 나는 새로운 일에 도전하기 전, '용기'를 '준비'하고, 나의 길을 거침없이 가고자 한다. "기회가 없음을 두려워하지 말고, 준비되어 있지 않음을 두려워하라"는 랠프 에머슨의 말을 더 늦기 전에 가슴에 품어본다.

찻잔에 따뜻한 커피를 따른다. 찻잔의 온기가 손을 통해 온몸에 퍼진다. 요즈음 같이 날이 싸늘할 땐 유독 따뜻한 것들이 그립다. 따뜻한 햇볕, 따뜻한 바람, 따뜻하기만 했던 나의 그리운 사람들…. 나비 찻잔에 담긴 따뜻한 차 한 잔과 싱그러운 음악 그리고 좋아하는 작가의 책이 있으면 더는 바랄 것이 없겠다고 생각했는데, 갑자기 멀리 있는 딸이 생각난다. 느긋한 마음으로 시간을 늘려본다. 그 사이 나비가 나풀대며 나에게로 날아든다.

바보 같은 사랑

그날 우리는 광화문에서 만나 덕수궁 돌담길을 출발해 명동까지 걸었다. 두근거리는 마음과 어색한 분위기를 애써 감추며 어느 찻집으로 들어가 마주 앉았다. 창밖으로 빛나는 그날의 햇살이 우리 두 사람을 빤히 들여다보았다. 하늘색은 얄미울 정도로 청아해서 어떤 말이라도 즐거울 것 같았지만 그와 나는 찻잔을 만지작거릴 뿐 딱히 해야 할 말을 찾지 못했다. 공연히 헛기침을 하는 그 사람이나 그럴 때마다 엷게 미소 짓는 나나 지루한 영화의 한 장면에 나오는 등장인물이었다.

한참만에 뜬금없이 서로의 이상형에 대해 이야기했다. 그는 "피부가 하얗고 손이 예쁜 여자"가 좋다 했고 그 말이 끝나기 무섭게 나는 "내가 딱이네" 하며 입속으로만 말했다. 그가 나의 이상형을 물었을 때, 나는 대뜸 "자신의 일에 열

정적이고 나만을 사랑해주는 남자"라고 대답했다. 나의 독
점력이 부담스러웠을까? 그날 이후 그에게선 더 이상 연락
이 없었다. 개인전화가 없으니 전화를 걸 수도 없고, 우연이
라도 만날까 싶었지만 만나지지도 못했다. 그렇게 많은 세
월이 허무하게 흘러갔다.

　그 사람과 단 한번의 데이트는 내 마음을 온통 흔들어놓
았다. 아직도 나는 같은 마음으로 그대로인데 그는 어디로
사라진 건지…. 이유가 궁금했다. 내가 부족하고 매력이 없
어서라고 해도 그 말을 그에게 직접 듣고 싶었다. 아니 그런
말은 어떻게 들어도 마음이 아프고 슬프고 괴로울 것이었
다. 그러면 분명히 나를 사랑하니까, 상처주기 싫으니까, 책
임질 수 없으니까라고 말할 것이다. 그렇게 생각하니 오히
려 마음이 편했다. 어렴풋이 느꼈던, 가정 있는 남자일지도
모른다는 생각에 이르자 그를 이해할 수 있었다.

　그렇더라도 이제는 부담 없이 친구처럼 만나도 되지 않을
까. 생각이 희망사항으로 바뀌면서 내 마음은 바빠졌다. 옛
날과 많이 달라진 나의 모습에 실망하는 그의 모습도 잠시
상상해보았다. 할 수만 있다면 죽기 전에, 내 모습이 더 변
하기 전에, 한번만이라도 만나보고 싶었다. 갑작스럽게 뜻
모를 이별을 하고 지금껏 헤어진 이유를 몰라 안타깝고 아
쉽기만 하다. 못다 한 아쉬움으로 의문은 그리움이 되고 그

리움은 그 사람이 아니라면 채울 수 없을 것 같다. 그도 나처럼 그랬으면 좋겠다는 생각을 하면 가슴이 뛰었다. 영화에서처럼 기적 같은 재회를 꿈꾸면서 어제도 오늘도 내일도 그 순간을 기다리며 살고 있다. 영원하지 않은 영원을 영원처럼 믿는 나의 바보 같은 사랑은 미련한 사랑, 일편단심 민들레였다.

나는 연중행사처럼 일 년에 한두 번씩 남산공원에 간다. 그곳에 가면 혹시나 그를 만날 수 있으려나 하는 기대감 때문이다. 보고 싶은 그는 한 번도 볼 수 없었지만 그와 보았던 많은 꽃들이 예전처럼 나를 반겨주었다. 비 오는 날도 바람 부는 날도 황금색 참나리와 보라색 비비추가 홀로 선 나와 눈맞춤하면서 어김없이 힘을 실어주었다. 비바람이 몹시 불던 날, 비에 흠뻑 젖은 참나리와 비비추를 보면서 자신을 그리워했던 나를 그는 상상이나 할까. 그를 향한 그리움이 비에 젖을까 싶어 마음의 우산 펴들고 발길을 돌렸다.

발길 닿는 곳마다 헤아릴 수 없는 수많은 사랑의 열쇠가 나의 눈과 마음을 온통 사로잡는다. 사랑의 열쇠는 남산공원의 아름다운 풍광을 조성하는 일등공신이다. 수많은 연인의 흔적들이 해마다 눈에 띄게 늘어난 걸 확인하면서 남다른 감회에 젖어든다. 나도 사랑의 열쇠를 하나 매달아볼까 생각하다가, '열쇠의 주인공들은 모두 영원의 사랑을 이루었을까'에 이르니 속으로 싱거운 웃음이 터져나왔다.

사계절이 수십 번 바뀌어도 그 사람을 향한 내 마음은 움직이지 않는다. 그를 만나게 되면 내가 살아온 이야기, 못다 한 이야기를 밤새도록 해줄 것이다. 비 오던 그날, 우리가 헤어질 때, 나에게 우산을 받쳐준 그 순간을 기억하고 있는지 묻고 싶다. 비 오는 날이면 나는 자동으로 그때의 추억이 소환된다는 얘기도 하고 싶고, 비와 관련된 노랫말이 다 내 얘기 같아서 눈물이 났다고도 말해주고 싶다. 살아오면서 조금이나마 내가 잘하는 것이 있다면 누군가를 그리워하는 일이라는 얘기도 하고 싶다.

이 시간, 이정하 시인의 「낮은 곳으로」라는 시가 내게로 와서 바보 같은 사랑을 응원해준다.

그래, 내가/ 낮은 곳에 있겠다는 건/ 너를 위해 나를/
온전히 비우겠다는 뜻이다.//
나의 존재마저 너에게/ 흠뻑 주고 싶다는 뜻이다.//
잠겨 죽어도 좋으니/ 너는/ 물처럼 내게 밀려오라.

모리슈워츠는 "죽음은 생명을 끝내지만 관계를 끝내는 건 아니다. 떠난 후에도 우리는 다른 사람들의 마음속에서 계속 살아갈 수가 있다"고 했다. 전부터 알았던 이 말이 요즘 유독 가슴에 박히는지 모르겠다.

그와는 비록 아름다운 사랑을 완성하지 못했지만 아직까지 그 사람을 그리워할 수 있다는 건 다행이다. 멀지 않은 인생의 종착역에서 끝까지 그만을 사랑했노라고 말하고 싶다.

40여 년이 지났는데도 여전히 그가 그립다. 아직도 이런 감정이 살아 있다는 게 믿기지 않지만 사실이다. 내 마음이 움직이는 건 나도 어쩌지 못하니까.

그의 어떤 면에 그토록 마음을 빼앗겼는지 기억의 조각들은 흐릿하지만 그 사람이 있었기에 나의 시간은 행복했다. 비록 몇 번의 만남이었으나 가슴 한 쪽에 그와의 시간이 그대로 남아 있다.

눈길을 걸으며

새해를 이틀 남겨두고 함박눈과 싸락눈이 종일 내렸다. 온 세상은 금방 동화 속 나라처럼 하얗게 변했다. 느지막이 일어난 나는 창가로 가 바깥 설경을 하염없이 바라보았다. 그러다가 어떤 환상 속으로 빠져들어가 그대로 멈춰버렸다. 폭설 속에 잊을 수 없는 사람을 만나 고립되는 장면이었다. 문정희가 지은 「한계령을 위한 연가」처럼 "오오, 눈부신 고립 사방이 온통 흰 것뿐인 동화의 나라에 발이 아니라 운명이 묶였으면"과 어쩜 그리도 닮았는지.

나는 폭설주의보 메시지가 떴음에도 아랑곳없이 외출 삼아 밖으로 나갔다. 수북이 쌓인 눈밭에 내 발자국 찍으며 오랜만에 경쾌한 눈 밟는 소리를 들었다. 이 기분대로라면 어디까지라도 갈 수 있을 것 같았다. 걷다보니 보이는 것들은 온통 눈을 뒤집어쓴 채였다. 하늘 높이 솟은 교회당 십자가도 그랬고 초등학교 놀이터도 그랬다. 가로수에는 눈꽃송이가 솜이불같이 덮여 있어 발걸음을 멈추게 했다. 길가에 만들어놓은 여러 개의 눈사람도 무슨 할 말이 있는 것 같았다. 해맑은 아이들이 눈사람 앞에서 엄마아빠와 기념사진을 찍고 있었다. 나는 그들의 모습을 내 사진기에 담았다. 망설이지 않았기에 폭설 속에서 귀한 순간의 사진을 얻을 수 있었다. 교회 십자가, 눈꽃, 눈사람이 어우러진 사진을 보면서 폭설 속에서도 용기 있게 집을 나선 보람을 느꼈다. 오늘의 사진 일기를 보고 또 보면서 어린 시절 눈사람 만들던 추억을 더듬었다. 그런데 50년이 넘도록 만들어진 눈사람만 보았지 내가 직접 만들어본 기억은 아무리 찾아보아도 찾을 수가 없다. 왠지 씁쓸했다.

목적지 없이 마냥 걷던 길을 걸었다. 눈길을 걷다보니 2023년에 있었던 잊을 수 없는 일 세 가지가 떠올랐다. 그중 하나는 정부 시책으로 만 나이가 인정되어 일 년을 한 살 어리게 살게 되었다는 것. 언제부턴가 아홉수에 걸리면 민감해졌다. 앞자리 숫자가 바뀐다는 것이 그렇게 신경쓰일 줄은 몰랐다. 이젠 나이를 먹어도 먹는다는 생각보다 그만큼 단단해졌다는 기분이 먼저 들었다. 새롭게 선물받은 1년을 알차게 써야겠다는 생각, 늘어난 시간을 대충 보내서는 안 된다는 생각으로 무언가를 채우고 있는 심정을 젊은 사람들은 모를 것이다. 어린 시절은 어른이 그리웠는데, 나이가 드니 젊은 날이 그리워진다.

그다음은 늦깎이 수필가가 되기 위해 더 넓은 세계를 알고 싶어 도봉문화원 수필반에 등록한 일이다. 집에서 가까운 문화원에서 좋은 문우와 선생님을 만났다. 선생님은 우리 어머니의 성씨와 같고, 강사 이전에 살았던 삶의 터전도 젊은 날 내가 근무했던 곳과 가까웠다. 특별한 인연이라는 생각에 친근감이 나날이 커져만 갔다. 20여 년 동안 꾸준히 작품을 발표했고, 다수의 수필집을 출간하여 작가로서의 인생관과 문학관을 다진 사람이다. 나이는 나보다 어리지만 배울 점이 많다. 나에게 언제나 용기와 힘을 실어주니 수필이 더 좋아졌다. 스스로 나는 복이 많다고 생각한다.

국어교사로 재직 중에 학생들에게 문학 장르로 가장 쓰기 쉬운 글이 수필이라고 가르쳤다. 자기 표현의 문학으로 체험을 진술하게, 붓 가는 대로 쓰면 된다고 설명했다. 그런데, 수필을 공부하면서 내가 직접 쓰다보니 교과서적인 지식만으로는 접근하기 힘든 부분이 많았다. 묘사와 은유, 상상력과 철학적 사유까지. 그리고 문학적 고뇌도 필요했다. 나는 자서전적 성격이 강한 수필에서 아직 벗어나지 못하고 있다. 그러나 나의 삶의 흔적들을 정리할 수 있다는 사실이 의미 있고 보람되며 흐뭇하다. 작가의 사명감은 독자들에게 삶의 지혜와 작은 위안과 밝은 미래를 선물해야 한다고 생각한다. 무조건 재미와 감동으로 다가가는 것도 중요하지만 좀 더 깊이 있는 글을 쓰기 위해서 노력 중이다. 쉽지는 않다. 그래도 마음속으로 나는 '할 수 있어, 잘 될 거야, 기대해, 기분 좋아' 등의 긍정적인 언어로 주문을 걸곤 한다.

나머지 하나는 호주에 사는 여동생이 칠순 기념으로 오랜만에 한국을 다녀갔다. 두 달여 동안 함께 여행도 하고 쇼핑과 맛집을 다니면서 추억을 새롭게 만들었다. 언니는 '엄마 같은 존재'라고 말하는 동생이 부담스러웠는데, 동생이 나와 함께한 수많은 흔적을 사진으로 보면서 고마운 마음을 표현했다.

"언니 덕분에 편하게 지내다 가요. 고마워."

동생은 돌아가면서 이런 문자를 남겼다. 그런 동생을 보면서 언니 노릇을 하긴 했구나, 자신이 대견하다. 기약 없는 이별의 시간 앞에서 아프지 말고 꽃길만 걷자고 서로 약속했다.

해마다 이맘때면 나는 연초에 세운 버킷리스트를 점검한다. 실천하지 못한 것이 더 많지만 포기는 하지 않는다. 그대로 희망사항으로 남겨둔 채 새로운 각오로 새해의 버킷리스트를 습관처럼 적어본다. '수필집을 발간한다. 운동(라인댄스)을 열심히 한다. 시낭송 봉사활동을 꾸준히 한다. 사진 일기와 감사일기를 쓴다. 여행과 멋진 카페 나들이와 맛집을 즐긴다' 등으로 2023년 버킷리스트 20가지에서 새해는 5가지로 욕심을 줄였다. 나와의 약속을 지킬 수 있고 꼭 필요한 일들로 적어두었다.

다가오는 2025년에는 나 자신에게 박수도 자주 보내고 기분 좋은 선물도 안겨주는, 그런 날들로 채우고 싶다.

순이가 생각나는 밤

　살아오면서 나에게 힘이 되고 길이 되어주는 친구들이 있
다. 그 친구들을 떠올리면 고마운 생각에 밤을 지새운다. 대
학시절 매일 붙어다니던 단짝 친구보다도 어쩌다 한 번씩
만나는 순이가 나에게는 그런 친구이다. 순이가 유독 생각
나는 밤. 그러고 보니 요 며칠 사이 그녀가 자주 떠올랐다.
아마도 찬바람이 불면서였던 것 같다.

　그녀는 가정환경이 어려웠기에 학교 학장실에서 비서 일
을 하면서 장학금으로 졸업했다. 나는 순이가 있는 비서실
에 자주 놀러 다니면서 그녀와 친해졌다. 학장님이 출장 중
이면 어김없이 비서실에서 점심을 주문해 먹기도 하고 빵이
나 떡을 먹었는데 언제나 덤으로 커피까지 얻어마셨다.

　학교생활이 지루하게 느껴지던 어느 날이었다. 그날도 나
는 순이를 만나러 비서실로 갔다. 순이는 나를 보자마자 뜬

금없이 자신은 교직과목을 선택했다면서 나에게도 함께 신청하기를 권했다. 평소에 생각도 못했던 일이었는데 친구 덕분에 교직과목을 선택하고 성공적으로 이수하게 되었다. 교사자격증을 받던 날 우린 서로 끌어안고 자축했다. 그 선택이 평생 나의 운명을 바꾸는 계기가 될 줄은 순이도 나도 몰랐다. 나는 운명적으로 교사가 되었고 첫 발령받은 학교에서 인연이 된 사람과 결혼도 했다.

교사 모집 광고를 접한 건 우연이었다. 결혼 후 6개월 정도 시집살이하던 나는 곧바로 서류를 준비해 면접을 보고 좋은 소식과 함께 학교에서 근무하게 되었다. 평생직장으로 정년퇴직할 때까지 순간순간 순이에게 고마운 마음을 잊은 적이 없다. 순이는 정년을 몇 년 남기고 명예퇴직하면서 양평에 별장을 지었다. 자연을 즐기며 유유자적하는 삶을 영위하고 싶다고 했다. 젊어서부터 외모에는 신경을 쓰지 않았던 그녀는 지금껏 화장도 안 하고 자연미인을 고수 중이다. 언제 봐도 넉넉하게 웃어주는 순이는 보는 사람을 편안하게 해주는 장점을 가지고 있다. 머리도 명석하고 지혜가 남달라 만나면 풍부한 화제로 배울 점이 많다.

그녀의 바둑 실력은 보통 이상이었다. 당시 경영과 학생인 남편과도 바둑을 두다가 친해져서 결혼까지 하게 되었다. 아들 삼형제를 낳아 모두 서울대학교에 보내는 능력 있고 실력 있는 엄마였다. 친구들을 불러 축하파티 겸 집들이를 했던 그날이 아직도 생생하게 기억난다. 동네주민들이 준비한 '서울대학교 합격 축하'라는 현수막이 아파트 입구에 걸려 있었다. 학창시절 순이도 순이 남편도 모두 모범생이었기에 아이들이 좋은 대학교에 가는 건 하나도 이상하지 않았다. 우리는 당연한 수순이라고 축하하며 박수를 보냈다.

남편과도 잘살 거라 믿었는데 하필 늦은 나이에 다른 여자를 만나 순이 속을 어지간히도 태웠다. 남편은 서울에서 순이는 양평에서, 별거생활을 하고 있다. 순이 남편은 고시 못지않게 어렵다던 회계사 시험을 한번에 합격할 정도로 머리가 좋은 수재였다. 주변사람들에게 매너도 좋았고 순이를 퍽이나 아꼈던 사람이다. 남편의 기쁜 소식을 알리면서 흥분을 감추지 못했던 순이 모습이 아직도 그대로인데 바람이라니, 믿기지 않았다.

회계사인 순이 남편은 당시 다른 직장인들보다 수입이 차이나게 좋았다. 젊은 날 누구보다 성실했던 남편은 뒤늦게 생각을 잘못하여 자신이 쌓은 탑을 일순간에 무너뜨렸다. 남편에 대한 배신감으로 코 빠트리고 살 줄 알았는데, 순이는 순이답게 스스로 많은 것을 체념하면서도 현실을 운명으로 받아들이며 자신의 성을 튼튼하게 쌓고 있었다. 나는 그럴수록 친구의 속마음이 정말 괜찮은 건지 마음이 쓰였다.

모처럼 연락하여 요즈음 어떻게 지내느냐고 안부를 물었
다. 오전에는 신문 네 개를 읽기 바쁘고, 여러 신문에 가끔
칼럼도 기고하고, 오후에는 정원가꾸기와 자급자족할 수 있
을 만큼의 농사도 짓는다며 하루가 어떻게 지나가는지 모르
겠다며 너스레를 떨었다.

불현듯 친구가 보고 싶어졌다. "친구야, 넌 언제나 나에
게 귀한 선물을 준 고마운 은인이야. 이해인의 시「고맙다는
말」에 나오는 한 줄 한 줄이 꼭 너에게 주고 싶은 말이라는
걸 전하고 싶었어." 습관처럼, 순이가 바로 앞에 있는 것같
이 혼잣말을 건네 본다. "세상에 살아 있는 동안 우리 그냥
오래오래 고맙다는 말만 하고 살자 (…) 죽어서도 지지 않는
별로 뜨게 하자"는 부분을 읊으며 "사랑하는 나의 친구야"
하고 조용히 불러본다.

나는 친구에게 어떤 말도 속 시원히 해줄 수가 없다. 그저
손이나 잡아줄 뿐이다. 부부의 일 아닌가. 부부의 일은 부부
만 아는 것이고 내가 끼어든다 한들 달라지는 것은 없다. 아
무 도움 돼주지 못해서 미안하기만 하다. 마음이 아프다. 나
를 위해 새로운 길을 터주고 다양한 경험을 하게 해준 친구
인데…. 친구라고 다 같은 친구는 아닌가보다. 마음 추스르

면서 현명하게 대처하는 친구를 보며 속으로 응원한다.

　우리 나이가 되면 아프지 않은 게 최고의 축복이다. 순이가 생각나는 밤, 그녀의 안녕을 빈다.

관계

우리의 삶은 수많은 관계 속에서 이루어진다. 부자지간, 사제지간, 형제지간, 친구지간, 이웃지간 등, 이들과 따뜻한 정을 나누기도 하고 때로는 상처를 주기도 하면서 관계를 이어간다. 멀리 있는 친척보다 가까운 이웃이 좋다고도 한다. 그들과 자주 만나고 소통하고 공감하고 사랑을 나누면서 '이웃사촌'이라고 부른다.

좋은 관계를 유지하기 위한 나의 방식은 상대방의 모습을 있는 그대로 바라보는 것이다. 내가 상대방에게 맞춰나가는 것도 중요하지만, 일방적인 배려는 오히려 역효과를 낼 수 있기 때문이다. 서로가 나에게 맞춰주기를 바라면 관계는 멀어진다. 그대로의 그 사람을 바라보는 것만이 이상적이라고 본다.

가끔씩, 못 견딜 만큼의 불쾌한 감정을 주는 사람을 만날 때가 있다. 그럴 땐 '당신은 지금 죄를 짓고 있네'라고 속으로 말하면서 연민의 정을 느낀다. 거리를 두고 그 사람을 바라보노라면 어느새 내 마음이 편안해지는 것을 느낀다. 거리두기는 그래서 필요하다. 무지한 사람들이 상처를 줄 때, 착한 척 당하지만 말고 나도 아프다는 걸 알려줄 때 마음이 덜 다친다. 좋은 관계를 유지하기 위해서는 믿음도 사랑도 이해도 존중도 두루 필요하다.

관계에서 맺어지는 사랑은 느낌으로 오기에 민감하면서 그만큼 중요하다. 말로만 하는 그런 사랑이 아닌, 마음과 행동이 그대로 움직이는, 진실한 참사랑이 변함없는 관계로 이어진다고 본다. 가까운 사이일수록 존중하는 마음과 예의는 선행되어야 하지 않을까.

우리는 다양한 관계를 맺으며 미래에 투자한다. 인맥을 소중하게 쌓아온 사람들이 성공하는 사례를 보면 알 수 있다. 나는 한 사람 한 사람에게 되도록 마음을 다해 나를 표현해왔다.

얼마 전 모 문학회에서 있었던 일이다. 문예지를 만들면서 예기치 않은 일이 벌어졌다. 내가 제출한 글이 전혀 엉뚱한 제목을 달고 책으로 나왔다. 미리 알았더라면 수정해달라고 요청이라도 했을 텐데 이미 책으로 나와버렸으니 방법이 없었다. 그렇더라도 잘못된 부분은 말해주고 싶었다. 실수를 인정하면 될 일이었는데 그게 어려웠던가보다. 등단한 지 얼마 되지 않은 신인이었고, 문단 사정도 몰라 쩔쩔매는 나에게 자신들의 실수를 인정하기는커녕 둘러대기에 급급한 그들을 보며 안타까웠다. 나는 가까운 문화원과 구청에 비치될 책에라도 스티커를 붙여줬으면 하고 원했다. 그들은 그조차 들어주지 않았다. 더는 내 연락에 답을 주지도 않았다. 속상한 나머지 그 단체를 소개해준 친구한테 속내를 보여줬지만 그도 난감한지 내 마음과 달리 시원한 답을 해주지 않았다. 그 친구를 믿고 얘기했는데 오히려 내 표현법이 틀렸다면서 공감해주지 않았다. 내가 알아왔던 친구가 이런 사람이었나 싶으면서 믿음에 금이 갔다. 점점 관계도 멀어졌다.

그 일로 그 친구와의 사이까지 서먹해지면서 문학회에도 발길이 뜸해졌다. 오다가다 얼굴을 마주치지만 우린 좋게 지냈을 때와는 다르게 모른 척 지나친다. 홧김에 터뜨린 나의 투정을 친구가 받아줬으면 바랐다. 얼토당토않은 제목으로 내 글을 망신준 담당자에게 서운했던 거였지 친구가 싫었던 게 아니었다. 생각할수록 속상했다. 그들이 진정성 있는 사과와 최소한의 성의만 보여줬어도 지금과 같은 상황은 벌어지지 않았다. 친구와 주고받은 대화에서도 서로 모르게 어떤 오해가 불씨로 작용했던가보다.

관계에 있어서 중요한 것은 소통과 공감이다. 원만한 소통을 위해 믿음은 무엇보다 중요하다. 사랑과 존중, 배려와 겸손도 중요한 덕목 중 하나이다. 소통이 말처럼 쉬운 일이 아니라는 새삼스러운 생각이 들었다. 솔직한 자기 마음을 내보이는 게 오히려 쉬운 소통법이 아닐까 싶었다. 솔직하고 친절한 사람과 만나면 대화가 통하고, 관계도 비교적 오래 유지되었던 경험이 있는 것처럼.

나는 너무 솔직해서 좋을 때도 있고 그렇지 않을 때도 있다. 솔직하게 말했는데 관계가 멀어지는 경우를 경험하면서 솔직한 것만이 좋은 건 아니라는 걸 깨달았다. 예를 들면 술을 좋아하는 남편에게 "나는 술 안 먹는 남자랑 살아봤으면 좋겠다"라고 말을 했다가 "나는 술 잘 먹는 여자랑 살아봤으면 원이 없겠어"라고 되받아친 남편한테 상처받은 적도 있다. 진실을 건네는 건 좋은 일이나, 경우에 따라 다른 것이 결과라는 거다. 그렇더라도 나는 솔직한 사람을 사랑한다. 말이나 행동이 앞뒤가 똑같은 사람을 좋아한다. 일관성 있게 행동하는 것이 이랬다저랬다 하면서 헷갈리게 하는 것보다 옳다는 주의다.

솔직하고 친근하다고 해서 그 사람과의 관계까지 좋다는 것은 아니다. 환경과 생각이 비슷한 사람들, 다시 말해서 어느 정도 코드가 맞아야만이 관계도 원활하게 성립된다고 본다. 관계에 있어서 가장 중요한 것은 '나와의 관계'라고 생각하기에 하루 3번 나한테 잘하기와 나에게 보상을 주는 방법을 꾸준히 실천하는 중이다. 나에게 '괜찮냐'고 물어보고, '괜찮아'라고 다독여주는 행위는 스스로에게 많은 위로를 준다.

삶의 현장에서 원만한 관계를 유지하기 위해 중요한 것은 자기 존중에서 벗어나 타인을 존중해주려는 마음이 우선되어야 한다. 심각한 자기 존중은 갈등에 해를 끼쳐 인간관계가 멀어질 수 있다. 그렇다고 나를 무시한 채 타인만을 바라보는 건 바보들이나 하는 짓이다.

나는 타인의 마음을 존중하기 위해 우선 내 마음의 문을 열어놓는다. 공감하고 이해하기 위해 노력 중이다. 각박한 현실보다 서로 따뜻해질 수 있는 아름다운 세상을 꿈꾸면서….

제3장

그 시절,
그 소녀들이 보고 싶다

사제동행하면서 희희낙락하는 삶이 행복으로 가
득하다. 자연의 순환이 우리를 떼어놓을지라도
'누구보다 더'보다는' 이전보다 더' 사랑하며 그들
과 함께 배우고 감사하며 살고 싶다.

「아름다운 사제동행」 중에서

국어수업

교사 중심의 주입식 교육을 탈피하기 위한 대안으로 '자기주도적 학습'을 강조했던 시절이 있었다. 나는 어떤 교육을 했나, 돌이켜보니 학생들이 힘들어했던 것만 생각나 씁쓸하다. 국어교육에서 듣기와 읽기는 교육과정에서 수월한 편이었다. 그러나 말하기와 쓰기교육의 부재로 인한 필요성과 방법은 고민하지 않을 수 없었다.

나는 첫 수업시간에 국어공책 1쪽을 펼치게 하고 교훈과 가훈이 아닌 '과훈'을 쓰도록 지도했다. '뜻 있는 나가 되자' '힘 있는 나가 되자', '멋있는 나가 되자' 그다음 2쪽에는 '하면 된다'를 한 면 가득 빼곡하게 써오도록 숙제를 내주었다. 그리고 반성문을 쓰는 방법도 설명했다. A4용지 한 바닥 가득 채우기, 그것이 힘들면 예쁜 엽서에 반성문을 써오라고 선언했다. 학생들은 하나같이 A4용지가 아닌 엽서에다 반성문을 써왔다. 엽서를 예쁘게 만들기도 하고, 문방구에서 구입해 적어온 학생도 있었다. 훗날, 제자들은 이 숙제가 인상 깊었던지 만나기만 하면 빼놓지 않고 이야기한다. 그때 나는 학생들이 글을 쓰는 것을 싫어하고 부담스러워한다는 것을 확인할 수 있었다. 보관 중인 엽서들을 보면서 그 시절 수업시간으로 돌아간다.

대단원의 학습이 끝나면 국어공책에 '감상문' 쓰기를 숙제로 제시했다. 이 숙제는 수행평가에 적용했기에 쓰기 싫어도 써야만 했다. 그뿐만이 아니었다. 학기별로 '수업일기'를 쓰도록 지도했다. '잊을 수 없는 사건', '가장 재미있는 수업', '하고 싶은 말' 등을 적나라하게 쓴 글을 읽으면서 학생들도 나도 국어수업에 흥미를 느꼈고 많은 도움이 되었다.

내가 가장 재미있게 했던 수업은 교과서에 나오는 좋아하는 시를 운율과 표현상의 특징을 살려 '모방시'로 쓰는 거였다. 내가 제시하기는 했어도 학생들의 아이디어와 재치에 놀라곤 했다. 수업시간마다 웃음소리로 교실 안을 메웠다. 학생들이 가장 흥미를 느꼈다고 했던 수업은 NIE교육(신문 활용교육)이었다. 신문을 읽고 '가장 자랑스러운 사건', '가장 슬펐던 사건', '가장 무서웠던 사건' 등을 찾는 일이었다. 저마다 개성 있는 신문기자가 되어 적절한 기사 내용을 찾는 일에 열중했고 찾은 기사를 함축하여 '표제 만들기'에 도전하도록 했다. 거기에 접근하는 학생들의 모습은 매우 진지했다. 교과서 밖의 좋은 시를 월별로 선정해주고 감상문을 쓰게 하는 일도 꾸준히 했다. 공책을 검사할 때는 감상문을 반드시 확인했다.

수학여행을 다녀오면 '기행문' 쓰는 일도 잊지 않았다. 학생들의 괴로워하는 모습이 떠올라 불편한 마음이 들었지만 어쩔 수 없었다. 단풍 물드는 가을이면 연중행사로 소요산에서 '백일장'을 시행했는데, 그 일은 몇 년이 지나도 싫증나지 않을 만큼 무척이나 낭만적인 일이었다. '학급문집' 만들때도 좋았다. 학생들이 나에게 권두시를 부탁해서 써보았다. 컴퓨터문서함을 열어 오랜만에 그 시를 찾아냈다. 다음은 1991년 학급문집 축시로 제목은 「씨 뿌릴 때」이다.

봄의 소리가 들려온다/ 땅속 깊은 곳에서부터/
깊은 잠에서 깨어나는/ 새싹들의 소리다.//
우리를 부르는 소리/ 밝고, 넓은 대지가/ 우리를 부른다.//
모두 뛰어나가자/ 그리고 씨를 뿌리자./
사랑, 미, 지혜, 지식, 도덕…/ 그리고 창조의 씨도 뿌리자.//

이 세상의 좋은 씨는/ 모두 뿌리자.

그런가 하면 그 옛날, 시 단원에 나오는 시를 무조건 암송하게도 했다. 학기 초가 되면 미리 시 암송발표회 날짜를 정해놓고 학기말에 행사를 진행했다. 5명씩 짝을 지어 앞으로 나오게 하여 시를 읊도록 시켰다. 평가는 3단계로, 잘 외우는 학생은 '넌 최고야', 조금 틀리면 '잘했어', 많이 틀리면 '넌 잘할 수 있어'로 즉석에서 평가하고 수행평가에 반영했다.

몇 년 전부터 나는 좋은 시를 암송하여 발표하는 자원봉사로 재능기부를 하고 있다. 그 소녀들처럼 좋은 시를 찾아 암송하며 보람된 시간을 차곡차곡 쌓는 중이다. 시를 가까이 하면서 삶의 지혜를 얻기도 하고, 작은 위안을 받고, 용기와 희망으로 가슴 가득 벅차오르는 걸 느끼기도 한다.

나는 2년 전부터 수필을 쓰고 있다. 글을 쓰면서 학생들을 가르치던 일이 자꾸만 생각난다. 학생들에게는 쓰기교육을 열심히 시키면서 정작 나는 제대로 된 글 한 편 쓰지 못했다. 아이러니한 일이 아닐 수 없다. 이제야 시작하자니 하나 둘, 어려운 일투성이다.

오늘 나는, 삶에 스며든 수많은 아이러니를 생각한다. "행복의 이면에 불행이 있고, 불행의 이면에 행복이 있다"는 말처럼, 나는 학생들을 지도하면서 뜻밖의 결과가 빚어낸 부조화와 늘 함께했다. 원하는 대로 되지 않는다는 걸 알면서도 언제나 희망을 불어넣어주었다. 주문을 외우듯 그렇게 하다보면 아이들이 무언가를 해낼 수 있을 거라고 믿었다.

글을 쓰지는 않았지만 그들과 함께한 시간들을 기록했고 추억이 떠오를 때마다 미소로 다독여주었다. 그리고 지금은 추억으로 나의 글을 짓는다.

아! 옛날이여

갈수록 뉴스 보는 것이 두렵다. 인터넷 기사나 신문도 마찬가지다. 언제부터 우리 사는 세상이 이렇게 어둡고 갑 갑했나 싶게 무서워졌다. 얼마 전 교사와 학생과 학부모 와의 갈등으로 서울의 모 학교 교사가 극단적 선택을 하 였다. 자신의 꿈을 온전히 펼쳐보지도 못한 그 교사는 한 참 푸르른 날에 삶을 접고 말았다. 그의 선택은 과연 옳았 을까. 평생 교직에 몸담았던 입장에서, 생각할수록 마음을 아프게 한다.

예전엔 "스승의 그림자는 밟아서도 안 된다"는 말을 귀에 딱지가 붙도록 들었다. 내가 정년퇴직했던 16년 전만 하더 라도 학생들이 지금과는 많이 달랐다. 말썽쟁이들이 왜 없 었겠는가마는, 교사가 행정업무에 짓눌려 선생인지 행정사 무원인지 헷갈리지 않았고 학생이나 학부모로 인해 정신과 치료를 받고 휴직할 정도로 심각하지도 않았다. 학생들은 무슨 일이 있으면 반드시 선생님과 상의했다. 학부모들도 선생을 믿고 아이를 맡겼다. 선생은 학생들을 사랑으로 감싸안았고 자나 깨나 교육에 힘썼다. 교권이 바닥에 떨어졌다느니 하는 말은 그 전부터 있기는 했어도 지금과는 성격이 많이 달랐다.

34년간의 교직생활을 무사히 마감하던 날, 나는 선생으로서 평생 잊지 못할 시간을 학교 관계자들한테 선물로 받았다. 요즘은 상상도 못할 퇴임식을 그들이 마련해준 장소에서 아름답게 치를 수 있었다. 나의 가족은 물론 학교와 관계된 이들이 모두 참석한, 그야말로 대단한 행사였다. 그날은 온전히 나만의 날로 온 세상이 나를 축복해주는 것만 같았다. 교사가 되기를 잘했다는 생각을 그때 가장 많이 했던 것 같다. 몇 날 며칠 준비한 퇴임사를 다듬어 단상에 섰을 때, 나는 첫 부임했던 날 교단에 섰을 때처럼 몹시 긴장했다. 장내는 가슴이 뭉클할 정도로 고요했고 모두들 나를 보며 집중했다.

컴퓨터 문서함을 뒤져 그날 귀한 사람들 앞에서 읊었던 퇴임사를 찾았다. 나는 평생 몸담았던 학교를 많이 사랑하고 있었다. 학교 관계자들과 학생들을 소중한 인연으로 생각하며 최선을 다하는 학교의 일꾼이기도 했다. 내가 가르친 학생들이 교사가 되어 자기 역할을 다하는 걸 지켜보는 날이기도 해서 몹시 행복했다.

퇴임사에는 떠나면서 남아 있는 이들에게 부탁하고 싶은 세 가지 내용이 담겨 있었다. 그 시대의 교육 현실이 다시 느껴져 손끝이 떨렸다.

그 중 첫 번째 부탁은, "스승이 존경받는 사회가 되었으면 한다"는 내용이었다. 달라지는 교육 현실에 대하여 슬픈 마음을 표했고 스승과 제자 사이에 사랑과 존경이 오갈 수 있는 아름다운 학교가 되었으면 좋겠다고 적혀 있었다. 어느 한쪽이 아닌, 스승과 제자가 똑같이 노력해달라는 부탁과 함께 가정과, 학교와, 사회가 사랑과 존경이 오갈 수 있는 아름다운 세상을 만들어가는 데에 더 많은 관심을 가져줬으면 하는 바람도 들어 있었다.

두 번째 부탁은, "스승과 제자 사이, 부모와 자식 사이, 동료 사이에 서로 감동을 줄 수 있도록 노력하자"는 이야기였다. 스승은 하루를 시작할 때 어떤 말과 행동과 가르침으로 제자들에게 감동을 줄 수 있을까를 생각하고, 학생 역시 어떤 창의적인 말과 행동으로 부모님께, 선생님께 그리고 친구들에게 감동을 전할 수 있을까를 생각하자는 거였는데, 그것을 실천한다면 분명히 '감격시대', '행복시대'를 맞이하게 될 거라고 말해주었다.

세 번째 부탁은, "건강에너지와 열정에너지를 늘 충전시켜서 변화에너지를 만들어나가는 데 집중적으로 사용해달라"는 부탁이었다. 변화의 시대에 변화에너지는 무엇보다 중요하다. 당시 우리 학교가 지금의 명문학교로서의 자리매김을 지속적으로 유지할 수 있었던 힘은 분명 변화에너지였음을 강조했다. 다른 말로 표현해보면 창조에너지라고 할 수 있다고 말하며 장내를 천천히 둘러보는 여유까지 보였다. 그때 많은 사람들이 나에게 긍정의 눈빛을 보내주었다.

나는 『에너지 버스』와 『열정』의 저자인 존 고든의 메시지를 소개하면서 퇴임식 자리를 마무리했다.

저자는 "열정은 능력이다"와 "열정은 세상을 움직인다" 그리고 "열정이 없다면 아무것도 변화시킬 수 없다" 또 "열정은 멋진 꿈을 가진 사람을 도와주는 것이다"와 "열정에너지를 어느 정도 가지고 있느냐가 삶의 질을 결정한다"고 말하며 우리에게 '열정'을 강조했다. 나 또한 퇴임식에 참석한 이들에게 이 메시지를 전해주고 싶었다. 무슨 일을 하든 '열정'을 가지고 하자는 나의 바람을 담아, 특히나 사랑하는 제자들에게 이 말만은 꼭 해주고 싶었다. 장내에 한동안 박수가 끊이지 않았다.

지금은 '아, 옛날이여!'가 된 나의 퇴임식. 돌이켜보면 꿈만 같다. 갈수록 교사들의 자리가 좁아지고 있지만, 한때 교사는 장래희망 1위였다. 그 이유가 학생들에게 존경받고 방학이 있어서라고 우스갯소리로 해맑게 말하는 이가 있었다. 농담인 걸 알면서도 함께 동조하듯 웃었던 그때는 정말 옛날이 되어버렸다. 한시도 긴장을 늦추지 않으면 안 되는 시간을 걷고 있다. 지금은 교사가 장래희망에서 몇 위쯤 떨어졌을까. 이처럼 복잡한 세상에 교사를 하려는 이는 몇이나 될까? 예전처럼 선생님과 학생이 서로 존중하고 존경받는 날이 오기는 할까.

갈수록 우리는 경제, 교육, 출산 등의 심각한 위기 속에서 살고 있다. 현실을 비관하기에는 우리가 해야 할 일이 주변에 너무도 많이 쌓여 있다. 맥놓고 안타까워만 할 시간을 쪼개, 함께 대안을 고민해야 한다. '교육활동 침해'에 격분한 교사들에게 교육 당국의 빠른 움직임은 당연하다고 본다. 공교롭게도 '아동학대' 문제와 맞물려 방안을 모색 중이라지만 언제까지 기다리고만 있을 일은 아니지 않은가. 실효성 있는 지원이 절대적으로 필요해 보이는 건 결코 나만의 생각은 아닐 것이다.

쉽지는 않겠지만 머리를 맞대고 고민하다보면 몇몇 대안들이 나오지 않을까. 나는 아직 그 희망을 버릴 수가 없다.

16년 전 퇴임식장에서 바랐던 나의 소망은 아직도 간절하다. 그 점이 안타까워 이 밤도 쉬 잠이 올 것 같지가 않다.

아름다운 사제동행

　요즈음 스승의 날 풍경은 과거와 달리 삭막하기만 하다. 선물까진 아니어도 학생들이 직접 쓴 편지도 감사의 인사말도 사라지고 있다. 반면 문화센터나 학원 강사들의 대우는 학교 선생님들과 다른 것 같다. 일면을 지켜보면서 쓸쓸한 기분이 드는 건 뭘까. 나도 한때 선생님이었기에 어쩔 수 없나보다. 아직도 스승에 대한 감사의 마음이 남다르고, 제자들이 내게 베푼 사랑이 지금까지도 특별하기 때문이다. 여러 스승의 날 중 15년 전 그날은 잊히지 않는다.

　스승의 날에는 특별하게 운동장 조회를 하고, 스승님께 '감사의 꽃 달아 드리기' 순서와 〈스승의 은혜〉 노래를 전교생이 함께 불렀다. 수업시간에는 감사의 편지와 기상천외의 기발한 선물을 받기도 하고 학생들이 준비한 축하공연을 즐기며, 때로는 학부형이 대신 수업을 하기도 하는, 생각할수록 뜻깊은 날을 보냈다.

스승의 날이 되면 받기만 한 것이 미안했다. 퇴직하던 해, 마지막 스승의 날에 내가 학생들을 위해 보답할 수 있는 일이 무엇일까를 고민했다. 전교생에게 오곡과자와 오란씨 음료수를 선물로 안겨주면 좋겠다는 결론을 내렸다. 나의 소중한 제자들은 너무도 좋아했다. 감사하는 마음을 표하는데, 장소를 가리지 않고 나와 눈이 마주칠 때마다 웃으면서 다가와 말을 걸었다.

"선생님, 부자예요?"

"선생님, 최고예요."

"넘 맛있어요. 감사합니다."

인사받기가 부담스러울 정도여서 여교사 휴게실에 숨어버리기까지 했다. 그런데 동료들의 반응이 별로 좋아보이지 않았다. 대단하다는 인사도 있기는 했지만 그 인사가 진정성이 없다고나 할까, 아무튼 싸한 느낌마저 들었다. 나름 퇴직 전에 뜻있는 일을 해볼까 해서였는데, 동료에게 피해를 줄 줄은 미처 생각지 못했다. 거기까지였으면 좋았을 텐데 나는 더 나아가 많은 동료들에게 부담스러운 선생이 되고 말았다.

퇴직 전, 날을 잡아 전체 동료에게 마지막 식사를 대접하면서 석별의 정을 나누는 것까지는 좋았다. 제자들이 소나무처럼 강한 신념과 푸른 기상으로 꿈을 이루기를 바라는 마음에서 교정에 소나무 한 그루를 심었다. 내 뜻과 다르게 문제가 커지고 말았다. 나의 넘치는 애교심이 다음 퇴직자에게 부담을 주는 일로 회자되었던 것이다. 잘한 일인지 잘못한 일인지 갈등을 느끼기도 했지만, 제자들이 소나무 사진을 찍어보내며 소나무가 잘 자라고 있다는 소식을 가끔 전해줄 때마다 흐뭇한 마음은 감출 수 없다. 이후 학교 행사에 초빙되어 교문을 들어설 때면 왼쪽 화단에 자리잡은 소나무를 확인하면서 많은 생각들이 교차한다. 살아오면서 잘한 일 중에 하나였다고 결론을 내렸다.

제자들과 만나면 과거 수업시간에 있었던 이야기를 하곤 한다. 가장 많이 나왔던 이야기는 첫 수업시간에 국어 공책 첫 페이지에 '하면 된다'를 빼곡하게 써오는 숙제였다. 선생님보다 교실에 늦게 들어오는 학생은 선생님 대신 수업하는 벌을 준 것도 끄집어냈다. 선생님이 수업시간에 단추가 엄청 많이 달린 옷을 입고 와서 학생들이 단추 세느라고 수업에 집중하지 못했다는 이야기를 해서 우리 모두 한바탕 웃었다. 순간 나는 멋쩍게 변명 아닌 변명을 해야 했다. 학생들 개개인의 능력과 환경과 상황을 고려하지 않고 일률적인 교육으로 무조건 '하면 된다'를 강조했던 선생님 그리고 수업시간에 특별한 사정으로 늦을 수도 있는데 시간관념 어쩌고 하면서 벌칙으로 그 시간 수업하기를 강조한 선생님….

"제자들아, 부끄럽다."

나의 사과에 제자들은 푸근한 미소와 따뜻한 박수로 받아주었다.

60대의 제자와 70대의 스승이 만났다. "옛날에는 무서워서 말도 못 걸었는데 지금은 너무 편안하고 좋다"고 한다. 어떤 계산도 필요 없는 사제의 시간이 나도 즐겁다. 제자들이 우리 집에 찾아오기도 하는데, 그런 날은 입과 눈과 마음이 즐겁다. 나 또한 그 시절로 돌아간 기분이 든다.

"선생님, 친정에 다녀가는 것 같아요." 저마다 내가 준비해준 보따리를 들고 현관을 나서며 하는 말이다. 나도 모르게 미소가 한가득 피어나며 고맙다는 말을 잊지 않는다. 다양한 직업을 가진 제자들과 만나 정보도 교환하고 서로를 챙겨주고 소통하면서, 이제는 내가 제자들에게 배우는 게 더 많음을 실감한다. 이런 삶이 고맙고 행복하다.

학업 성적이 뛰어났던 제자는 장학사가 되어 교육동지가 되었다. 만들기에 특별한 재능이 있었던 제자는 한지공예가가 되어 의정부예술의전당에서 전시회를 열었다. 제자의 늠름한 모습은 언제 보아도 자랑스럽다. 미용에 관심이 많은 제자는 미용기술자가 되어 점점 흐려진 나의 눈썹을 젊은 모습으로 바꿔준다. 음식점을 운영하는 제자들도 여럿 있다. 다양한 음식을 그들 덕분에 맛볼 수 있다. 제자 얼굴도 볼 겸 가끔 들르는데, 그들과 소통하는 삶이 즐겁고 행복하다. 제자들은 만날 때마다 인증 사진을 남기면서 나의 기분까지 챙긴다.

"선생님, 친구라고 해도 될 것 같아요" 하면 "제자들아, 너무 오버하지는 말아요" 하며 분위기는 더욱 달아오른다.

이제는 함께 늙어가는 처지로 서로를 배려하고 격려하는 마음이 더 크다. 살면서 힘들 때 '이 또한 지나가리라'는 말로 스스로를 위로하기도 하고, 나를 믿고 힘들다고 고백하는 제자들에게 마음을 다해 품어주기도 한다. 사제동행하면서 희희낙락하는 삶이 행복으로 가득하다. 자연의 순환이 우리를 떼어놓을지라도 '누구보다 더'보다는, '이전보다 더' 사랑하며 그들과 함께 배우고 감사하며 살고 싶다.

자랑스러운 나의 참스승

이상보 교수님과는 대학시절 담임 교수로 만났다. 교수님은 '한국가사문학' 연구로 문학박사 학위를 받고 명지여자고등학교 교장, 명지대학교 교수, 국민대학교 교수와 총장 직무를 대행하셨다. 한국국어국문학회 회장, 한국고서연구회회장, 한국수필문학회 회장 그리고 한국기독교수필문학회회장 등도 역임하셨다.

'고전문학 연구'에 특별히 전념하신 결과로『가사문학과 역사』,『한국가사문학의 연구』,『한국고전시가 연구』,『박노계 연구』등 많은 저서를 남겼다. 수필집으로는『사색의 편린』,『갑사로 가는 길』,『시간의 흐름 속에서』,『지상에서 가장 행복한 불빛 하나』,『눈을 들어 하늘을 보니』,『눈을 감고 바로보기』등이 있다.「갑사로 가는 길」은 고등학교 국어 교과서에 수록되어 많이 알려진 작품이다. 교수님의 수필을 읽으면 삶의 여정이 치열하게 느껴진다. 열정적인 면과 예민한 감수성을 함께 느낄 수 있어서 작품이 더욱 가깝게 다가온다.

학창 시절 교수님 댁을 방문하면 서재를 둘러보는 걸 좋아했다. 서재 사면이 온통 책으로 가득해 작은 서점을 방불케 했다. 부러운 마음이 들면서 나도 책에 관심을 갖게 되었다. 평생 모은 책을 대학교 도서관에 기증하셨다는 말씀을 전해 들으면서 숙연했던 순간을 기억한다. 교수님 덕분에 책을 사는 돈을 아끼지 않아 지인들에게 우리 집도 책이 많은 집으로 알려졌다.

교수님의 수업은 고어古語와 한자漢字가 많아 어려웠지만 한편으로는 교수님께서 연구하신 시조와 가사문학이 흥미로워 집중하기 좋았다. 훗날 교육현장에서 나의 고전문학시간에 선생님의 글 「별주부전」을 가르칠 때면 자긍심이 생겨 우리 학생들에게 '대학 시절 우리 담임 교수님'이라고 자랑하곤 했다. 교수님 덕분에 시조문학의 중요성과 가치를 강조하는 수업을 열심히 할 수 있었다. 교내 백일장을 열 때는 '시조' 분야도 병행해서 교수님처럼 시조 사랑을 실천했다.

교수님은 한글운동을 전개하는 면에서도 선구자셨다. 한글박물관 건립, 한글문화단체모두모임 회장 등을 맡으면서 꾸준히 한글운동을 전개하셨다. 핸드폰을 '손전화'라고 부를 만큼 우리말을 사랑하셔서 교수님 앞에서는 제자들이 말조심했고 외래어나 유행어를 의식적으로 피하곤 했다.

교수님께서는 손바닥 크기만 한 책을 가리키는 '좁쌀책'을 국내외에서 다양하게 모으는 취미도 있으셨다. 『인도차이나』라는 역사기행문을 좁쌀책으로 발간하셨고 나에게도 선물로 주셨다. 하얀 부채에다 매화 그림을 그리고 '매화 향기 가득하듯'을 붓글씨로 써서 격려해주시기도 했다. 서랍에서 꺼낸 좁쌀책과 부채를 보면서 대학시절 추억에 잠겨 정겨운 교수님을 만나본다.

교수님의 소탈한 성품과 '검소함' 또한 빼놓을 수 없다. 교수님과 많이 만났던 장소는 댁에서 가까운 인사동이었다. 문학과 그림, 서예에 관심과 조예가 깊었던 교수님은 우리들과 함께 전시회 작품을 감상하는 것을 좋아하셨다. 해박한 지식을 겸비한 교수님께서 설명해주시면 작품에 쉽게 다가갈 수 있었다. 만나서 식사할 때는 그분만의 확고한 원칙이 있었다. 비싼 음식은 절대로 사양하셨고, 만 원이 넘으면 안 되는 걸로 알았다. 교수님은 된장찌개나 짜장면을 좋아하셨다. 제자들은 교수님과 함께 만원의 행복을 누리면서 한껏 즐거웠다.

100세시대를 맞이하여 더욱 건강하고 젊은 모습으로 하회탈 같은 멋진 웃음을 오래오래 볼 수 있기를 기대했다. 교수님은 제자들에게 삶의 지혜를 가르쳐주고, 사랑을 베풀어 주신 우리의 영원한 참스승이었다.

2020년 10월에 교수님의 영면 소식을 들었다. 노년의 선구자적인 아름다운 삶에 머리숙여 추모한다. 하늘나라에서 편안하고 행복하시기를 두 손 모아 기도한다. 교수님의 얼굴이, 말씀이, 그 분의 맑은 영혼이 떠오르면서 저절로 고개가 숙여진다. 이상보 교수님과의 추억을 갖고 있는 나는 복받은 사람이다.

잊을 수 없는 제자

B고등학교 졸업식에 초대받았다. 식장은 학생들로 가득했다. 그곳에서 3년 전 담임이었을 때 우리 반 학생이었던 Y를 만났다. 반갑고 기쁜 마음에 "졸업 축하한다!"며 다가갔다. Y도 나를 알아보며 "감사합니다!"라고 대답했다. 그 아이의 목소리가 떨리는 듯했다. 당시에 무던히도 어른들 애를 태웠던 제자로 파란만장한 사건들이 아직도 기억 속에 남아 있다.

Y는 불량서클 '일진'에 가담한 여학생이었다. 아담한 키에 예쁘장한 얼굴로, 매력이 넘치는 소녀였지만, 겉모습과는 달리 행동과 말씨가 거칠고 사나웠다. Y가 한마디만 하면 행동대원이 뒤에 있어 무엇이든 해결해주었다. 숙제 대신해주기, Y의 말을 순종하지 않는 아이들 혼내주기, 생일이 되면 축하금 갈취해 전달하기 등으로 충성했다.

Y는 학교 오는 걸 싫어해서 매일 지각했다. 지각을 하면 규칙대로 '앉았다 일어났다'를 100번 하는 벌칙이 있었다. 힘들어서 중간에 쉬는 학생들이 많았는데, Y만은 보라는 듯이 쉬지 않고 거뜬히 해내곤 했다.

어느 날이었던가, 학생들끼리 집단폭행 사건이 있었다. Y의 부모님께 전화로 상담을 요청했다. 부모님은 이미 내놓은 자식이니까 선생님이 정학이든 퇴학이든 알아서 하라고 했다. 순간 불쾌하고 화가 치밀었다. 따지고 보면 그 또래 아이들에게는 문제를 찾을 수 없다는 게 문제라고 생각했기 때문에 나는 문제라는 말을 쓰고 싶지 않았다. 그러나 Y의 경우를 보면서 문제아는 부모님의 영향이 큰 거라고 믿었다. Y의 부모님은 동두천시 보산동에서 미군들을 상대로 클럽을 운영하고 있었다. 밤과 낮이 바뀌는 직업으로 아이는 생활이 자유로웠고 부모의 무관심 속에서 잘못된 길로 빠져들었다.

박정희 대통령 시대에 잘 살아보자는 정책 중 하나로 '혼식장려운동'이 있었다. 중요한 정부시책 중 하나로 학교현장에서부터 실천하도록 했다. 담임교사는 점심시간이면 도시락 검사로 혼식을 장려했다. 그때 아이들은 서로 걸리지 않으려고 수단과 방법을 가리지 않았다. 마침 Y의 도시락이 수상하여 뚜껑 열고 뒤집어 보여달라고 했다. 역시나 하얀

112

쌀밥이었다. 친구 도시락에서 보리쌀 몇 알을 뽑아 감쪽같이 위에다 올려놓았지만 선생님 눈에는 걸리게 돼 있었다. 그렇게 장난을 친 아이들은 선생님을 속인 죄로 도시락 들고 복도로 나가 벌을 받았다.

어느 날 종례시간 일도 잊을 수 없다. 교실 뒤 하얀 벽면에 물감이 얼룩덜룩 뿌려져 있었다. 마지막 수업이 미술시간이었다. 누군가 붓을 빨면서 물기를 빼다가 벽에다 뿌리며 일어난 일인 듯했다. 심각한 상황으로 봐서 고의성이 역력했다. 누가 그랬는지 궁금해 아이들에게 물었더니 자신이 그랬다고 Y가 실토했다. 나는 Y에게 원상복구하지 않으면 종례를 할 수 없다고 말하고는 교실을 나왔다. 잠시 후 Y의 행동대원들이 나타나 열심히 닦고 지우고 긁고 있을 모습이 상상이 되었다. 시간이 흐른 뒤에 Y가 교무실에 와서 종례를 해달라고 했다. 확인해보니 물감이 지워지긴 했으나 벽이 깎이고 벗겨져 상태가 더 심각했다. 나는 원래대로 하지 않으면 종례를 할 수 없다며 교무실로 와버렸다. Y는 안 되겠는지 다급하게 교무실로 와서 정중하게 부탁했다. 아버지한테 말씀드려 본래대로 다듬고 페인트칠을 해놓겠다고. 그때서야 나는 종례를 해주었다.

약속대로 Y의 아버지는 친구 한 분과 함께 벽면을 보수하고 페인트칠을 해주셨다. 덕분에 교실이 전보다 환해졌다.

환경미화 심사에도 도움이 되어 그 시즌에 우리 반이 우수상을 받았다. 그때부터 Y는 자신의 손길이 닿은 교실 뒤편 게시판에 애정을 쏟았다.

사고뭉치 Y에게 했던 말들이 생각난다. 학교 다니기 싫어도 중학교 졸업은 반드시 해야 한다는 말과 중학교 졸업도 못하면 인생을 살아가면서 불편한 점이 한두 가지가 아닐 거라는 말들, 그리고 사람대접도 제대로 못 받고, 취업도 어렵고, 남편이나 자식에게 무시당하고 등등 과한 조언을 쏟아놓았다. 중학교 졸업식이 끝나고 교실에서 마지막 덕담을 해줄 때에도 위와 같은 내용으로 고등학교 졸업은 꼭 해야 한다고 말해주었다.

오래 전 잊을 수 없는 일들을 떠올리면서 그 시절이 그리워진다. 그때 그 제자들이 오늘따라 보고 싶다.

Y는 지금 잘 살고 있겠지? 한번쯤 그 소녀를 만나고 싶다. 우리가 함께했던, 그때는 아무리 좋은 말을 해도 안 들렸겠지만, 우연인 듯 만나 허심탄회하게 이야기 나누며 웃어보고도 싶다. 그때 Y는 무슨 말을 하며 어떤 표정을 지을까?

습관을 바꾸기는 쉽지 않다고 한다. 그런데 나는 왠지 Y가 멋지게 변해 있을 것만 같다.

그때, 우리 젊은 날

　나는 학생들에게 어떤 선생님이었을까? 34년 전 국어선생으로 첫 부임하여 퇴직할 때까지, 세월의 강을 거슬러 뒤돌아보니 지나온 흔적들이 대답을 대신해준다. 학생들에게 바라는 나의 기대는 언제나 크고 높았다. 그래야만 최선을 다한 결과를 받아들일 수 있었다. 이번에는 조금 아쉬울지라도 다음 목표를 잡는 데에 희망을 걸 만했다. 학생들과 소통하는 선생님이고 싶었고 그랬기에 학생들 가까이에서 그들과 함께 하려고 했다.

　제자들과 만남이 있을 때마다 한결같이 빼놓지 않는 이야기가 있다. 첫 수업이었던 국어시간에 내 소개를 마친 후였다. 나는 성급하리 만큼 진지한 숙제를 학생들에게 내줬다. 국어공책 첫 장 가득 '하면 된다'를 써오라는 것. 나중에 한 제자에게 들은 말은, 친구들은 이유도 모른 채 귀찮아하면서도 그림 그리듯이 정성을 다 해 공간을 채웠는데, 자신은 마지못해 낙서처럼 긁적였다고 실토했다.

생활의 범주에서 시시비비를 가린다거나 진리를 강요하는 것은 때에 따라 불편하지만 어떤 삶을 살아갈 것인가에 대해 고민해보는 건 늘 옳다고 보았다. '하면 된다'는 단 네 글자지만, 그 문구는 학생들에게 매사 최선을 다 하라는 인생의 좌표가 되었다고 한다. 어느 은행 광고 문구처럼 '한계라고 생각할 때 도전은 시작된다'라는 말에 '하면 된다'라는 의미는 그래서 모든 부분에 통용될 수 있었다고 한다. 그래서 그 말을 전염시키고 싶었다는 말을 강조했다.

그러나 학생들의 능력이나 환경 등을 고려하지 않고 일률적으로 '하면 된다'를 강조한 교육이 아이들에게 얼마나 큰 부담을 주었는지 뒤늦게 반성하게 되었다. 그때 나는 '하면 된다'에서 끝나지 않았다. '할 수 있다', '하자'까지 덧붙였다. 내 방식의 교육이 얼마나 답답했을까 생각하니 미안하기도 하면서 그저 허탈하게 웃음만 나온다.

누구나 자기만의 색깔이 있게 마련이지만, 특히 제자들에겐 나에 대한 강한 첫인상이 있었던가보다. 유난히도 하얀 피부에 앞섶 목에서부터 다리 중간까지 수십 개가 넘는 단추로 장식된 와인색 원피스를 입었던 나를 학생들은 지금껏 선명하게 기억하고 있었다.

또 아이를 낳는 고통이 너무 심해 '안 낳아', 낳고 난 뒤 너무 예뻐서 '또 낳아', '안나또나'라는 잠깐의 별명을 가졌던 이야기를 들려줄 때는 정말 내가 그런 말을 했었나 싶게 귀가 솔깃했다. 나의 처음이자 마지막 출산 과정을 적나라하게 펼쳐놓을 때 학생들은 숨죽여가며 들었다고 한다. 제자들은 결혼하고 아이를 낳아 키우면서 친구들과 만나면 하나같이 내 이야기를 먼저 꺼냈다며 해맑게 웃었다.

고단한 교직 생활 중 이사를 한 적이 있었다. 며칠에 걸려 뒷정리를 겨우 끝낸 다음날, 고생을 몇 배로 했는데도 이상하게 살은 빠지지 않는다고 푸념했던 일도 끄집어냈다. 아마 그때 나는 밥도 한 공기밖에 안 먹는다고 말했던 것 같다. 당시 신경림이란 학생이 '밥공기도 공기 나름'이라며 재치 있고 애교 있는 말로 받아쳐서 반 전체가 떠나갈 듯이 웃었던 기억이 난다. 그 시절이 손에 잡힐 듯이 가깝게 느껴진다. 문학을 논하며 시낭송을 자주했던 우리. 함축된 시 구절구절의 해석을 들으며 작가와 독자가 공유하는 공통분모에 감탄하며 글쓰기를 좋아했던 그 시절의 문학소녀들이 문득 보고 싶다.

사는 게 무엇인지 앞만 보고 달렸다. 어느새 흐릿해져가는 추억을 곱씹으며 시간을 보내고 있지만, 이 시간 나의 젊은 날의 모습은 볼 때마다 눈물겹도록 반갑다. 제자들 덕에 확인할 수 있는 그날들이 새삼 소중하다. 나의 제자들 한 명 한 명이 모두 그립다.

제자들을 만나면 시간 가는 줄 모르고 예전 이야기에 빠진다. 내가 그 이야기 속에서 마냥 행복한 것처럼 그때 그 소녀들도 지금 나처럼 행복할까? 만나보고 싶다. 그때의 그 마음을, 그 모습을….

'안'과 '못'의 의미

유선전화에서 오랜만에 벨소리가 울렸다. "여보세요"를 반복해 불러도 저쪽에서는 아무런 응답이 없다. 마냥 기다릴 수 없어 수화기를 내려놓았다. 수십 년 동안 스스로 만들어온 '혹시나'가 무한한 기다림과 함께 나를 설레게 하고 실망케 한다.

유선전화를 없애지 못하는 이유가 있다. 오래된 인연과의 미련 때문이다. 어쩌다 나와의 추억을 떠올리며 오래된 수첩이라도 뒤져 전화할 수 있지 않나 하는 생각에서이다. 번번이 기대가 무너지면서 뭐하는 짓인가 싶기도 하지만, 그런 기대감이라도 있으니 생활에 생기가 도는 거라고 생각한다.

전화를 '안'하는 건지 '못'하는 건지 누구도 알 수 없다. 안하는 것도 맞고 못하는 것도 맞을 수 있겠다는 결론에 이르면 나도 모르게 마음이 아려온다. 정호승의 시 「수선화」에서

"공연히 오지 않는 전화를 기다리지 마라"라는 구절이 나에게 말을 걸어올 때면, 그야말로 '공연히' 눈물이 나기도 한다.

퇴직 전까지, '안'과 '못'을 엄격히 구분하는 것이 나의 습관이었다. 예를 들어 학교 교육현장에서 숙제검사를 할 때, 나는 '안'한 사람과 '못'한 사람을 분명히 구분했다. 숙제를 안 한 사람은 청소, 반성문, 선생님 수고 덜어드리기, 칠판 지우기 등으로 벌칙을 가차 없이 치르게 했다. 특별한 사정으로 숙제를 못한 학생은 반 전체가 함께 이해하면서 군소리를 하지 않았다.

어느 날, 예상치 못한 전화 한 통은 가출학생의 마음 상태를 확인하는 기회가 되었다. B양의 아버지라며 딸의 등교를 확인하는 전화였다. 나는 "네, 등교했어요"라고 알려주었고 전화는 바로 끊겼다. 잠시 후 나는 B양을 교무실에 불러 "너, 어제 어디서 잤니?"라고 물었다. 잠시 머뭇거리던 학생은 차분하게 자신의 이야기를 꺼내놓았다. 아버지가 술만 먹으면 폭행이 심해 무서워서 친구 집으로 가 며칠 지냈단다. 집에 '안' 들어간 것이 아니라 '못' 들어간 것이었다. 나는 학생의 솔직한 고백이 가슴 아팠다. 폭행을 일삼는 아버지는 왜 딸의 등교를 전화로 확인했을까? 자식을 생각하는 마음을 안 버린 걸까? 못 버린 걸까?

선생이면서도 어쩌다 수업 준비를 못하는 날이 있었다.

가정의 기쁜 일, 슬픈 일, 예기치 못한 사고가 이유였다. 그런 날의 수업은 '수박 겉핥기' 식이었다. 읽어주기만 하고 충분히 해당 지문에 대해 설명을 해주지 못하니 교실 문을 나오는 나의 뒷모습이 몹시 부끄러웠다. 나 역시 수업 준비를 안 한 게 아니라 못한 것이지만 학생과 선생의 경우가 같을 수는 없다. 이런 경험이 나로 하여금 '뒷모습이 부끄럽지 않은 교사가 되자'는 신조를 굳히도록 했다.

살다보면 차마 못하는 말도 있고, 꼭 해야 되는 말을 안 하는 경우도 많다. 말이 따로 필요 없는, 표정과 행동으로 대신 마음이 전해질 때도 종종 있다. 그런가 하면 그저 이심전심으로 소통되기도 한다.

나를 만드는 언어에는 긍정적인 언어와 부정적인 언어가 있다. 긍정적인 언어에는 고맙습니다, 기분 좋아, 네 덕분이야, 나는 할 수 있어, 기대해, 마음이 놓여, 사랑해, 잘 될 거야, 충분하다 등이 있다. 부정적인 언어에는 그게 아니라, 최악이야, 지겨워, 죽을 것 같아, 우울해, 이제 그만해, 못하겠어, 후회해, 짜증나 등이다. 자신의 감정을 표현하는 데 직설적이거나 부정적이고 과장적이며 자극적이고 비방적이거나 극단적이지 않았는지 나 자신을 관찰하고 돌아보는 시간도 때때로 필요하다. 자신만의 긍정과 부정의 단어는 무엇인가? 습관적으로 많이 쓰는 좋지 못한 단어는 무엇인가?

나는 자신의 언어를 꼼꼼히 관찰하기에 이르렀다.

말이 되는 꿈을 꾸는 사람들도, 말도 안 되는 꿈을 꾸는 사람들도 행동하지 않으면 누구도 모른다. 하고 싶은 이야기는 해야 하고, 할 수 없는 말은 삭일 줄 아는, 우리는 '안'과 '못'의 의미를 알고 경계도 지으면서 살아야 하지 않을까.

오늘도 울리지 않는 집 전화기를 내려다본다. 한번쯤 나를 찾을 수도 있으련만 그는 여직 어떤 소식도 없다. 가끔씩 전화를 해서, 내가 받으면 아무 말 없이 끊어버리는 누군가에게 모른 척 아무개냐고 묻기라도 해볼까. 그러기에는 그도 나도 말하지 않은 시간이 길고 길어서 어떤 말도 차마 못할지 모른다. 아니 그 어떤 말도 안 하는 건지도.

신자信者와 교인敎人

교회에 나가는 사람 중에는 '믿음'으로 가는 신자가 있고, '건성'으로 다니는 교인이 있을 것이다. 나는 사정이 있어 교인으로 삼십여 년을 살았다. 내가 근무하던 학교는 크리스천 학교로 설립자는 교장이면서 목사였다.

하루를 시작하는 교직원 회의 때는 교사들이 윤번제로 기도를 했다. 나는 신자가 아니었기에 기도가 부담스러웠다. 기도문을 정성껏 써서 읽고 나중에 차례가 오면 다시 그것을 사용하곤 했다. 교실에서 조회 때도 학생들이 윤번제로 기도를 했다. 어느 날 있었던 C양의 기도는 기발했다. 친구들을 위해서 기도했는데 40명이나 되는 친구의 이름을 일일이 부르면서 그들을 위한 기도를 했다. 나는 "오늘은 출석 확인하는 이름을 안 불러도 되겠다"고 하면서 그 학생한테 고마운 마음을 전했다.

수요일 1교시는 담임교사가 학교 교회로 인솔해서 예배를 보는 시간이었다. 나는 수요일과 일요일에 들은 목사님의 설교로 날이 갈수록 성경 말씀과 가까워졌지만 여전히 성령이 충만하지는 못했다. 일요일에도 많은 교사들은 거리에 관계없이 학교 교회에 나와 서로들 눈도장을 찍었다. 믿음이 좋은 교사는 십일조를 냈다. 교인인 나는 십일조를 내지 않고 예배만 보았다.

어느 날 부목사님을 초대한다는 소식이 들려왔다. 독일에서 신학공부를 한 젊은 목사님이라고 했다. 부목사님을 맞이하여 설교를 듣던 날, 설교에 대한 나의 생각이 완전히 바뀌었다. 설교는 지루하다고만 생각했는데, 감동과 재미까지 있는 유익한 시간이었다. 목사님은 성경 구절을 쉽게 이해하도록 설명하는 데서 끝났다면 새로 오신 부목사님은 성경 말씀을 읽고 현실 사회와 연결하면서 철학적으로 해석해주시는데, 깨닫는 바가 많고 저절로 빠져들었다. 용모가 수려하고 말씀도 좋고 성실하여 인기가 높아졌다.

부목사님은 교사들에게도 성경공부시간이 필요하다고 제안했다. 젊은 영혼들을 구원하기 위해서는 교사가 먼저 변화되어야 한다고 강조하였다. 나도 그 성경공부시간에 참여했다. 부목사님은 성경책을 완독하는 사람은 겉표지가 가죽으로 된 특별한 성경책과 찬송가집을 선물로 주겠다며 완독을 적극 권장했다. 나는 그날부터 좋아하는 TV 시청도 하지 않고 성경책 읽기에 몰입했다. 그리고 40일 만에 완독에 성공했다. 구약은 뜻도 모르겠고 재미도 없었다. 신약은 잠언과 시편에 좋은 구절이 많아 밑줄을 치면서 읽었다. 어느 날 교회에서 성경 완독한 교사 네 명의 시상식이 있었다. 나는 선물로 받은 성경책과 찬송가집을 보고 또 보면서 뿌듯했다.

그런데 2년 후, 부목사님이 서울지역의 담임목사로 초청받아 가게 되었다. 계속 함께하고 싶은 마음이었지만 그분이 이해되었다. 목사도 사람인지라 개인의 발전을 위함인데 붙잡을 수 없었다. 한편으로는 아직 남아 있는 수많은 젊은 영혼들은 어쩌고 금방 가시나, 하는 마음에 아쉬움이 남았다. '범사에 감사하라'는 말씀이 생각났지만, 감사하는 마음보다 섭섭한 마음이 밀려와 심란했다.

나의 일상은 원점으로 돌아갔다. 부목사님이 떠나신 후, 나의 신앙생활도 흔들렸다. 많은 신자들이 "사람을 보고 나가면 안 되고, 하나님의 말씀을 믿고 나아가야 한다"고 말한다.

여동생은 기독교 신자이다. 올해 동생이 한국에 왔을 때 일요일만 되면 교회에 가겠다고 해서 반 강제로 우리 집 주변의 교회를 주마다 순회했다. 오랜만에 가본 교회는 분위기가 옛날과는 사뭇 달랐다. 멀티비전으로 찬송가를 띄워

주고, 목사님의 설교도 보여주고 찬양대의 찬양하는 모습도 볼 수 있었다. 그 순간, 옛날에 다녔던 우리 교회에서 찬양하던 때가 오버랩되었다. 당시 제자인 성가대장의 적극적인 권유로 성가대에서 찬양을 한 적이 있었다. 나는 음치라서 높은 음은 제대로 따라하지 못할 때가 많았다. 그래서 붙은 별명이 '붕어'였다. 소리는 못 내고 입만 뻥긋한다고 해서이다. 그럼에도 함께 찬양할 수 있어서 좋았고 감사했다.

믿음이 좋은 제자들을 만나면 가장 먼저 교회에 나가는지를 물었다. 가까운 교회라도 나갔으면 하고 간곡하게 부탁까지 했다. 나를 만난 이유가 전도사업이었나 싶을 때도 있지만 나는 제자들을 만나면 그저 고마운 마음으로 가득하다. 여전히 나는 교회에 나가지 않는다.

그럼에도 내가 가장 좋아하는 성경 구절은 "이 또한 지나가리라"이다. 내가 힘들 때나, 가까운 이웃들이 힘들 때 이 구절을 떠올리며 스스로 위로받기도 하고, 위로해주기도 한다. 교인은 아니지만 가끔 성경책을 들여다보는 데는 그만한 이유가 있다. 성경 말씀은 진리에 가까우면서도 시편과 잠언에서는 문학을 하는 데 큰 도움을 주기 때문이다. 신자도 교인도 아닌 나는 나의 행복을 위해 자주 성경책을 펼친다.

제4장

도전으로 가져온
삶의 변화

나도 사랑하는 별 하나를 갖고 싶다. 나이를 먹는
다고 별을 보지 못하는 건 아니다. 오늘밤 나에게
꿈을 주는 별, 어둠을 밝히는 별에게 가까이 가고
싶다. 어둠속으로 걸어가 마침내 별을 만지고 싶
다. 나의 그리운 사람들….

「내가 사랑하는 별」중에서

손편지의 의미와 가치

손편지는 몸도 마음도 건조한 이 시대에 돈보다 가치 있고, 높은 명예나 지위보다도 값진 선물로 느껴진다. 컴퓨터가 보급되고 휴대폰 문화가 시작되면서 이메일이나 문자메시지로 필요한 내용을 전달하거나 파일로 된 문서 등을 주고받는 정도여서 정이 오고가는 편지 형태의 기능을 잃은 건 이미 오래되었다. 그래서일까, 어쩌다 손편지를 받게 되면 누군가에게 특별한 관심과 사랑을 받고 있다는 생각에 읽은 편지를 읽고 또 읽게 된다. 어떤 사람한테는 나도 이처럼 소중한 존재이구나, 하는 걸 확인받는 것 같아 기분이 좋아지기도 한다.

얼마 전 도봉문화원에서 편지문학관 주최로 '편지쓰기 및 낭독회' 프로그램이 있었다. 문화원에 일이 있어 갔다가 무심코 돌아본 벽면 광고판에 끌려 삽시간에 그곳으로 방향을 틀었다. 편지쓰기도 좋았지만 행사 주제인 '느림의 미학 손편지'의 의미와 그 가치가 무엇인지도 느껴보고 싶어서였다.

편지는 천리면목千里面目과 같다고 했다. 천 리 밖에서도 얼굴 보듯한다는 뜻으로, 멀리 있는 이의 얼굴을 보고 말한다는 의미이다. 편지쓰기의 문화적 가치는 크게 소통과 치유 그리고 교육적 가치로 나뉜다. 응원 문화이기도 한 편지는 축하와 격려, 감사 등의 의미를 담을 수 있고 우리 사회에 긍정적인 영향을 준다. 개인 간에 보내는 편지나 엽서 등이 급속도로 사라져가고 있지만, 기업이나 정부, 학교 등 기관에서 보내는 안내용 우편물은 오히려 늘어가고 있다. 그렇다 보니 이런 행사가 더욱 의미 있게 다가왔다. 동서고금을 통해 잘 알려진 유명인들의 손편지를 접한 것도 특별했지만 편지의 의미와 가치를 이해하고 되새기는 기회가 나로선 더없이 소중한 시간이었다.

빈센트 반 고흐의 『영혼의 편지』는 그의 동생 태오와 주고받은 내용으로 우리에게 잘 알려져 있는데도 혹시나 하는 마음에 가장 먼저 펼쳐보았다. 그는 자살로 생을 마감할 때까지 879점의 그림을 남겼고 동생 태오에게 668통의 편지를 썼다. 편지 내용은 외롭고 쓸쓸한 고흐가 전적으로 신뢰할 수 있었던 영혼의 단짝인 태오에게 그림에 대한 열정을 고백한 것에서부터 동생에게 지원을 받는 형의 번뇌를 적어놓았다. 정신병원에서 지낼 때조차 그림에 대한 집착을 버리지 않았던 고흐는 고통 속에서도 끊임없이 그림을 이야기했다.

"화가는 자연을 이해하고 사랑하여, 평범한 사람들이 자연을 더 잘 볼 수 있도록 가르쳐주는 사람이다"라고 했는데, 고흐의 고집스러움과 함께 그의 순수한 영혼을 가까이에서 만나고 있는 것 같았다. "만일 팔기 위해서 그림을 그린다면, 그건 예술을 사랑하는 사람들의 눈을 속이는 행위일 뿐이다. 진정한 예술가는 결코 그런 짓을 하지 않는다"고 했는데, 이 문장 앞에서는 저절로 고개가 숙여졌다. 자신의 작품 앞에서 이 정도의 정신이 없다면 부끄러운 것이라고 생각하면서도 태오가 이 편지를 읽고 어떤 생각을 했을까 싶었을 땐 가슴이 아려왔다. 예술의 동지로서 형의 마음을 이해 못 할 동생이 아니었기에 이 편지는 고흐의 상황을 떠나 태오의 입장에서 혼란스러웠을 게 분명하다.

"진정한 화가는 양심의 인도를 받는다. 화가의 영혼과 지성이 붓을 위해 존재하는 게 아니라, 붓이 그의 영혼과 지성을 위해 존재한다. 진정한 화가는 캔버스를 두려워하지 않는다."

그는 누구보다도 버림받고 소외된 사람들에 대한 애정이 남달랐다. 나는 잠깐 아를에서의 고갱을 떠올렸지만, 이 내 고개를 가로저었다. 두 사람의 관계를 이야기하기에는 아직 '관계'에 대한 정리가 서툴기 때문이다. 고갱이 떠났든 고흐가 남겨졌든 〈감자를 먹는 사람들〉은 고흐의 여러 이야기가 따라다닌다.

조마리아 여사가 아들 안중근에게 보내는 편지는 일제에 의해 사형이 언도되자 일본에 목숨을 구걸하지 말고 조국을 위해 죽으라는 내용이 담겨 있다. 안중근이 생명에 대한 본성을 뒤로 하고 대의를 택한 데에는 어머니의 영향이 컸다는 것을 편지 내용만으로 충분히 알 수 있다.

"네가 만약 늙은 어미보다 먼저 죽은 것을 불효라 생각한다면, 이 어미는 웃음거리가 될 것이다. 너의 죽음은 너 한 사람의 것이 아니라 조선인 전체의 공분을 짊어지고 있는 것이다. 만약 네가 항소를 한다면 그것은 일제에 목숨을 구걸하는 짓이다. 네가 나라를 위해 이에 이른즉, 딴 마음 먹지 말고 죽으라. 옳은 일을 하고 받은 형이니 비겁하게 삶을 구하지 말고 대의를 위해 죽는 것이 어미에 대한 효도이다. 아마도 이 편지가 이 어미가 너에게 쓰는 마지막 편지가 될 것이다. 여기에 너의 수의壽衣를 지어 보내니 이 옷을 입고 가거라. 어미는 현세에서 너와 재회하기를 기대치 않으니, 다음 세상에는 반드시 선량한 천부의 아들이 되어 이 세상에 나오너라."

어떤 어머니가 아들에게 이런 편지를 쓸 수 있을까. 편지를 내려놓으며 한동안 멍한 채로 그 자리에 서 있었다. 조마리아 여사는 아들에게 편지를 쓰면서 한 자 한 자에 사랑을 심었을 터이고 눈물도 담았을 것이다. 그 헤아릴 수 없는 깊은 마음에 더욱 가슴이 아렸다.

「행복」의 시인 유치환의 편지는 그 유명한 사연과 함께 그들의 이루지 못한 사랑이 못내 안타까워 꼭 읽어보고 싶었다. 38세인 유부남 유치환은 통영여중에 국어교사로 있으면서 29살의 가사교사였던 이영도에게 연정을 느낀다. 하지만 이영도는 21살에 남편을 잃은, 딸 하나를 둔 과부였다. 어린 딸과 살고 있는 29세의 미망인에게 유치환의 마음을 받아들이는 일은 쉽지 않았다. 청마는 '에메랄드빛 하늘이 환히 내다뵈는' 우체국 앞에서 이영도에게 편지를 썼다. 1967년 청마가 퇴근길 시내버스에 치여 사망할 때까지 이십 년 동안 쓴 편지는 5천여 통이나 되었고, 그 편지 중 일부가 한 문예지에 소개되면서 독자들에게 좋은 반응을 얻었다. 나중에 200여 통을 추려 『사랑했으므로 행복하였네라』는 서간집을 묶어내 베스트셀러가 되었고 이영도는 그 수익금을 시문학 발전에 전액 기부했다.

사랑하는 것은/ 사랑을 받느니보다 행복하나니라./
오늘도 나는 너에게 편지를 쓰나니/ 그리운 이여 그러
면 안녕/ 설령 이것이 이 세상 마지막/ 인사가 될지라도
사랑하였으므로// 나는 진정/행복하였네라.

이번 행사에는 편지쓰기 강의도 함께 있었다. 색다른 강
의에 참여하여 몇십 년 만에 손편지도 써보고 직접 쓴 편지
를 낭독하는 시간도 가졌다. '가족 중 한 사람에게 편지쓰
기', '가장 잊을 수 없는 스승님께 편지쓰기', '가장 사랑하는
친구에게 편지쓰기'가 수업시간에 진행된 내용이었다. 오랜
만에 편지를 쓰려니 그동안 잊고 지냈던 가족과 스승, 친구
가 떠올라 모처럼 추억에 잠겼다.

손편지는 쓸 때도 정성이 들어가지만 받은 편지를 특별한
상자에 보관했다가 두고두고 꺼내서 볼 수 있으니 그 사람
을 다시 생각할 수 있게 된다. 행사를 핑계삼아 은사님과 딸
에게 편지를 썼다. 언제 부치게 될지, 진짜로 전달은 할 건
지 모르지만 편지를 쓰는 동안 그 사람을 생각하고 그 사람
과의 추억을 그리면서 온통 거기에 집중할 수 있었다. 모처
럼 손글씨도 써보고 실수한 편지지는 폼나게 구겨서 옆으로
치워놓기도 하면서, 누가 보는 것도 아닌데 멋쩍게 웃어도
보고 유익한 시간이었다.

문화원에서 나온 나는 문구점으로 가 예쁜 편지지와 편지봉투를 구입했다. 가까운 사람들에게 짧게나마 편지를 쓰고 싶어졌다. 생일이나 특별히 기념할 날에 선물만 달랑 건넬 게 아니라, 편지지 한 장 빼곡하게 마음을 담아 그에게 전하고 싶다. 마음을 나누는 일로 편지만 한 게 없는 거 같아서이다.

흑백영화 〈동주〉

　대한민국 국민이 가장 사랑하는 영원한 젊은 시인 윤동
주. 그의 빛나는 삶을 왜 흑백영화로 만들었는지 궁금했다.
이준익 감독의 도전은 훌륭한 영혼들을 정중히 모시고 기리
는 데 있었다. 암울한 시대를 사는 젊은 지성들의 뜨거운 삶
과 시대적인 분위기로 흑과 백을 조화시킴으로써 좀 더 가
깝고 선명하게 그들의 감정까지도 깊이 감상할 수 있었다.
　「서시」, 「별 헤는 밤」, 「자화상」, 「쉽게 쓰여진 시」 등 우리
에게 이미 알려진 시들이 영화 속에서 낭송될 때마다 '고요
히 자아를 응시하는' 내면적인 인간 윤동주의 생生이 뜨거운
울림으로 전해져왔다.
　부끄러움의 시인 동주는 독립운동가인 고종사촌 송몽규
와의 삶과도 얽혀 있다. 두 사람은 같은 해에 태어나 북간
도 용정인 같은 집에서 살기도 했으며 학창시절을 연희전문

학교에서 함께 보내기도 했다. 거의 평생을 동반자로 살다가 같은 해에 죽음으로 생과 사가 나뉘었다. 이들의 이야기를 적을 때 두 사람 중 누구도 빠뜨릴 수 없는 이유가 그것이다. 다른 점이 있다면 송몽규는 부끄러움이 많은 윤동주와 달리 활동적이고 리더십이 강했다. 그들은 19일 간격으로 후쿠오카 형무소에서 옥사했다.

시詩 쓰기를 좋아했던 윤동주는 「쉽게 쓰여진 시」를 마지막 시로 적었다. 1942년 6월 3일에 그 시를 썼고, 1943년 7월 13일에 감옥에 갇혀 1945년 2월 16일에 옥사했다. 일제강점기 유학시절에 우리글로 쉽게 시를 쓸 수 없는 상황이었음을 알 수 있다. 시의 내용으로 보아 윤동주가 부끄러움이 많은 사람, 과감하게 행동하지 못하는 사람, 시대에 흔들리기는 했지만 자신의 생각이 옳았음을 알고 있는 사람임에는 분명하다. 저항시인으로 알려진 그는 젊은 지성인으로서의 양심을 끝까지 지켜 부끄럽지 않은 삶을 살아냈다. '유고시집'이라는 이유로 진정한 의미의 저항시인으로 볼 수 없다는 논평도 있지만, 중요하지 않은 이유는 많은 시의 내용이 그것을 증명하기 때문이다.

「쉽게 쓰여진 시」는 암울한 시대를 걸었던 시인을 이해하는데 도움이 되었다.

생각해 보면 어릴 때 동무를/ 하나, 둘 죄다 잃어버리고// 나는 무얼 바라/ 나는 다만, 홀로 침전하는 것일까?// 인생은 살기 어렵다는데/ 시가 이렇게 쉽게 씌어지는 것은/ 부끄러운 일이다// 육첩방은 남의 나라/ 창밖에 밤비가 속살거리는데// 등불을 밝혀 어둠을 조금 내몰고/ 시대처럼 올 아침을 기다리는 최후의 나// 나는 나에게 작은 손을 내밀어/ 눈물과 위안으로 잡는 최초의 악수

시대적 암울함 속에서 삶의 외로움과 힘겨움 그리고 시인의 부끄러움이 그대로 드러난 작품이란 생각에 가슴이 뭉클하다. 또한 조국에 대한 사랑으로 승화되어 결코 현실에 타협하지 않겠다는 시인의 의지가 느껴져 보는 내내 든든했다. '시대처럼 올 아침', '최초의 악수'의 마지막 부분은 그의 삶의 방향을 제시하는 듯했다. 내가 동주의 입장이었다면 어떠했을까 하는 생각도 잠시 하게 되었다.

동주의 시를 영문으로 번역한 일본 여성은 그의 시를 너무 좋아했고, 작가에 대한 배려가 남달랐다. 이 여인이 시집의 제목을 물어봤을 때 '하늘과 바람과 별과 시'라고 전해준 것이 나중에 유고 시집의 제목이 되었다. 나는 엉뚱하게도 동주의 러브스토리가 궁금했다. 순수하고 아름다운 청년 동

주의 사랑은 어떠했을지 수많은 밤을 상상하기도 했던 어느 날의 나도 그 자리에 함께 있었다. 하지만 영화에서는 흥미를 돋우기 위해 두 명의 여인이 등장할 뿐이었다.

흑백영화 〈동주〉를 통해서 얻은 것은 28세의 짧은 생을 살았지만 부끄럽지 않게 조국에 대한 뜨거운 열정으로 최선을 다한 젊은 영혼의 삶이 얼마나 값졌는가를 확인한 것이다. 아름다운 두 영혼, 동주와 몽규는 오늘을 사는 젊은이들에게 새로운 감동으로 넓은 세계를 꿈꾸게 할 것이다.

〈웃는 남자〉를 보고

　프랑스의 대문호 빅토르 위고의 소설 『웃는 남자』가 뮤지컬로 재탄생되었다는 소식에 귀가 쫑긋했다. 인터파크에서도 예술의전당 개관 30주년을 빛낼 기념비적 작품으로 창작 뮤지컬 〈웃는 남자〉를 소개했다. 빅토르 위고는 스스로 "이 이상의 위대한 작품을 쓰지 못했다"고 평하며 최고의 걸작으로 이 작품을 꼽았다고 한다.

　원작 『웃는 남자』는 17세기 영국을 배경으로 귀족사회의 추악한 민낯을 생생하게 묘사한다. 그윈플렌이라는 비극적 인물을 통해 사회의 어두운 그늘에서 불행한 삶을 이어가는 하층민의 모습을 통렬하게 고발하는 소설이다.

　뮤지컬 〈웃는 남자〉는 신분 차별이 극심했던 17세기 영국을 배경으로 한 작품으로 비록 얼굴은 끔찍한 괴물이어도 순수한 인물인 그윈플렌의 여정을 따라 사회 정의와 인간성이 무너진 세태를 비판하고 인간의 존엄성과 평등의 가치에 대해 깊이 있게 조명했다. 빅토르 위고는 『레미제라블』, 『노트르담 드 파리』의 작가로 소설가, 극작가, 시인, 정치인으로 알려졌다. 이번 기회에 뮤지컬을 감상하면서 빅토르 위고를 다시 공부하여 그의 사상과 인간성에 접근하는 기회가 되었다. 탐욕의 시대에 위대한 사상가이며 대문호인 그가 무척이나 존경스러웠다.

다국적 스태프가 5년간 완성해낸 뮤지컬로 대본, 캐스팅, 음악, 무대의상 등에 심혈을 기울인 덕분인지 멋지고 감동적인 무대를 감상할 수 있었다. 배우들의 열정적인 연기도 마음을 사로잡았다. 어려운 환경에 있다 할지라도 꿈을 잃지 않는 삶의 중요성을 재인식하는 좋은 기회가 되었다.

17세기 영국, 아이들을 납치해 기형적인 괴물로 만들어 귀족들의 놀잇감으로 팔던 인신매매단 콤프라치코스에 의해 기이하게 찢겨진 입을 갖게 된 어린 그윈플렌은 매서운 눈보라 속에 홀로 버려진다. 살을 에는 추위 속을 헤매던 그윈플렌은 얼어죽은 여자의 품에 안겨 젖을 물고 있는 아기 데아를 발견하고 우연히 떠돌이 약장수 우르수스를 만나 도움을 청한다. 우르수스는 평소 인간을 혐오하지만 두 아이를 거두기로 결심하고 그윈플렌의 기형적인 미소와 눈 먼

데아의 이야기를 이용해 유랑극단을 꾸린다.

어느덧 성장한 그윈플렌은 기이한 미소 덕분에 유럽 전역에서 가장 유명한 광대가 되고 그의 공연을 본 앤 여왕의 이복동생 조시아나는 그의 매력에 푹 빠져버린다. 생애 처음으로 귀족인 조시아나에게 구애를 받은 그윈플렌은 고혹적인 그녀의 유혹에 순수했던 마음이 흔들리고, 우르수스와 데아는 그런 그윈플렌의 모습에 남몰래 가슴앓이를 한다. 그러던 중 그윈플렌은 '눈물의 성'이라는 악명 높은 고문소로 끌려가게 되는데, 생각지도 못했던 그의 출생 비밀이 밝혀지며 간신히 평화를 찾았던 세 사람의 삶이 송두리째 흔들린다.

그윈플렌은 귀족 퍼매인 클랜 칠리경으로 신분이 바뀐다. 그는 민중을 위한 대의, 소명감을 느끼고 귀족들 앞에서 소리를 높이지만, 그들은 웃는 얼굴을 비웃고 조롱하며 무시했다. 그윈플렌의 분노는 다시 우르수스와 눈 먼 데아에게 돌아간다. 허약한 데아는 서로를 믿고 의지하는 관계였던 그윈플렌 품에 안겨 죽는다. 그윈플렌도 데아의 뒤를 따라 바다에 몸을 던진다.

주인공은 부와 권력 대신 가난하더라도 사랑하는 사람을 택한다. 작품은 비극으로 끝나 그 여운이 오래 남았다. 사랑하는 사람의 품에 안겨죽은 데아는 행복하게 생을 마감할 수 있었지만 그녀의 뒤를 따라가는 주인공의 애틋한 마음은 오래도록 내 마음을 아프게 했다.

공연이 끝나고 한동안, 〈웃는 남자〉의 여운은 내 주위를 맴돌았다. 주인공의 가슴 아픈 이야기도 물론이지만 나에게는 그가 불렀던 감동적인 노래가 특별하게 다가왔다. 그 노래는 〈CAN IT BE〉이다.

멜로디도 가사도 남자 주인공의 가창력도 모두 감동적이었다. 기이하게 찢긴 입, 괴물의 얼굴로 기형의 모습을 한 남자, 어떻게 보면 관능적으로 느껴지는 젊은 청년의 지울 수 없는 영원한 미소가 내내 마음에 남았다. 그의 미소 뒤로 다른 사람과 똑같이 꿈을 꾸고 있는 젊은 영혼이 노래를 하고 있었다. 집으로 오는 동안 〈웃는 남자〉의 노랫말과 함께 그 남자의 꿈이 궁금해졌다.

뮤지컬에서 강조하고 있는 빅토르 위고의 명언인 "부자들의 낙원은 가난한 자들의 지옥으로 세워진 것이다"는 17세기 영국의 공정성과 인간성이 무너진 사회를 비판한 말이다. 우리가 살아가는 현실도 나날이 '부익부, 빈익빈'으로 치닫는 사회현상의 반복이다. 인간의 존엄성과 평등의 가치, 아무리 어려운 환경 속에서도 용기와 꿈을 잃지 않는 삶의 중요성을 그 어느 때보다도 깊이 생각해야 될 거라고 본다.

코로나, 경제, 안보 등의 위기 속에서 힘든 상황을 우리는 어떤 방식으로 극복할 수 있을까? "말 못하는 이들을 위해 말하는 것, 그것은 아름답다. 하지만 듣지 못하는 자들을 위해 말하는 것은 서글픈 일이다"라고 작가는 말하고 있다. 이 인용문에서 전자는 그윈플렌, 후자는 귀족이라는 걸 따로 설명할 필요는 없지 싶다.

빅토르 위고는 평등의 가치와 공정한 삶에 대한 길을 이 작품에서 제시했다고 본다. 또한 계급제도, 빈부격차, 외모지상주의 등 많은 것들을 생각하도록 하였다. 그윈플렌을 통해 귀족 신분으로 부를 누리는 귀족들에게 가난한 자들을 외면하고 있는 현실을 눈 뜨게 해주려고 필사적인 노력을 보여준 작품이 감동을 넘어 큰 울림으로 머문다.

나, 정답을 묻다

몇 년 전 서울시 도봉구청에서 송길영 다음소프트 부사장을 강연장에 초청했다. '나, 정답을 묻다!'라는 주제는 소통과 공감의 시간으로 이끌기에 충분했다. 이슈가 되는 다양한 분야의 데이터자료 화면을 보여주면서 우리들이 살고 있는 시대변화의 추세와 대안을 생각하도록 했다.

그는 창업에서 유용하게 활용되고 있다는 서비스 플랫폼으로 생소한 '020서비스'를 소개했다. 음식배달, 시장보기, 부동산, 택시이용 등 편리함을 추구하는 사회 분위기가 점차 다양한 아이템으로 확산되고 있다고 강조했다. 그중 내가 공감했던 이야기는 밀레니엄세대 특징으로 모바일커뮤니케이션, 카드결제, 인증샷과 후기를 거론했는데 흥미로운 내용이었다. 유망직업의 선택과 전망에 대한 정보와 혜안도 절실히 필요해 보였다. 시간이 지나면서 그의 말처럼 세상이 변하고 있다는 걸 알았다. 우리나라에서 배달앱으로 가장 많은 인기를 누리고 있는 '배달의민족' 역시 O2O서비스를 이용한 것이었다.

강연자 프로필 중 'Mind Miner'가 특이했다. 인간의 마음을 읽고 해석하는 직업이라는데 나로선 생소한 소개였으나 자세히 새겨보니 그는 인간의 '마음을 캐는 사람'이었다.

그는 바이브컴퍼니 부사장으로 2006년부터 '오피니언 마이닝' 워크숍을 주도해왔다. 각각 다른 직종의 사람들이 모여 데이터를 보고 의미를 분석하는 공부모임으로 건축가, 작가, 다큐멘터리감독, 심리학자, 언어학자, 마케터, 상품기획자 등 다양한 분야의 사람들이 주요 구성원이었다. 20년 가까이 데이터분석 전문가로 미래를 예견하고 행복한 사회를 만드는 데 정열을 쏟았다. 저서로는 『상상하지 말라』, 『그냥 하지 말라』, 『여기에 당신의 욕망이 보인다』 등이 있다.

집으로 돌아온 나는 그가 궁금해져 바로 그가 쓴 『상상하지 말라』를 구입했다. 문학을 포함한 모든 예술은 독창적 상상력이 무기처럼 중요하다는 걸 알기에 도대체 그의 의도가 궁금했던 차였다. 마케팅에서는 그의 말처럼 "섣부른 상상은 위험하다. 가설 자체를 없애고 관찰해야 진실을 볼 수 있다. 진정성이 가능하려면 철학적으로 동의를 얻어야 한다.

의미소비시대에는 상품이 사상이 되고 사상이 상품이 된다"는 내용이 나의 생각을 긍정적인 사고로 바꾸어주었다. 내가 흔들리고 있다는 사실이 신기할 따름이었다. 어느 정도는 역설일 거란 전제를 두고 읽었는데도 여전히 그렇다는 것이 신기했다.

또 다른 책『그냥 하지 말라』는 무작정 해보고 나서 생각하고 검증하지 말고, 생각을 먼저 하라는 메시지를 전한다. 여기에서 그는 삶의 패턴이 나날이 변해가는 트렌드를 예측할 수 있어야 한다고 강조한다. 변화는 준비된 사람들에게는 기회지만, 그렇지 않은 사람들에겐 위기라는 이야기는 나에게 공감으로 다가와 되새김하는 기회가 되었다.

다음 책으로『여기에 당신의 욕망이 보인다』를 읽는데 재미있고 의미 있는 부분은 저절로 연필을 들어 밑줄 긋게 했다. 직장에서 신입사원에게 일을 시켰을 때 세 사람의 대답이 각기 달랐다. A 사원은 '언제까지 할까요'라고 물었고, B 사원은 '어떻게 할까요?'라고 물었다. 마지막으로 C 사원은 '왜 하나요?'라고 질문을 했다. 질문의 내용으로 보면 A 사원은 있으나마나한 사원이고, B 사원은 꼭 필요한 사원은 아니고, C 사원은 꼭 필요한 사원임을 알 수 있었다. '왜 하나요?'라는 질문은 일의 성격, 목적, 방향 등을 알아서 제대로 할 수 있는 유능한 사원이라는 거다. 다시 볼수록 기발했다.

어떻게 저런 실험이 가능했을까.

그의 이야기 중 재미있고 위트가 넘치는 '야경괴담'이 생각난다. 한국의 야경이 아름다운 이유는 야근을 하기 때문이라는데, 썰렁한 이야기여서 처음엔 실없이 웃었지만 그 끝은 왠지 씁쓸했다. "좋아하지 않은 일에 무조건 '야근'이면 행복한 스토리는 아니다"라는 그의 다음 말이 충분히 공감되었기 때문이다.

교직에 있을 때 나는 학생들을 다그치곤 했다. 무조건적인 '하면 된다'와 '열정'은 바람직하지 않았다. 부모의 삶이 아닌 아이들의 삶을 살 수 있도록 서로 간의 '마인드 마이너'가 필요했다. 행복한 미래로 가는 길은 나의 선택에 달려 있었다. 그것을 위한 대안은 나이를 불문하고 평생을 공부해야 한다는 것과 빠른 정보교환이었다. 행복한 미래를 준비하는 해결 방안이 의외로 쉬웠다.

송길영 강사의 '나, 정답을 묻다'의 결론은 '묻지 마라'였다. 물으려 하지 말고 '당신의 스토리'를 시작하라는 건데, 나에게는 왠지 오늘 당장 좋아하는 것을 즐기라는 말로 들렸다. 그것이 "대박이 나면 좋고, 대박이 안 나도 괜찮다"는 강연자의 외침이 그날 내용 중 가장 솔깃했다. 내가 평생 기다린 대답이었던 것처럼 반가웠다.

내가 사랑하는 별

밤하늘의 별을 바라보면 아름다웠던 추억들이 자동으로 떠오른다. 유난히 별을 좋아하는 나는 별이 많은 밤이면 별을 찾아 하늘을 기웃댄다. 하나둘 별을 세다보면 복잡했던 마음도 어느새 사라지고 언제 그랬냐는 듯 고요 속으로 젖어든다. 나는 별을 사랑하는 시인들의 시와 노래를 좋아하고 즐긴다. 별을 소재로 한 문학작품들과 노랫말은 어려서부터 줄곧 나와 함께 하고 있다.

어린 시절 불렀던 별에 관한 노래로 〈반짝반짝 작은 별〉이 있다. 이 노래의 원곡이 모차르트의 〈아, 어머니께 말씀드릴게요〉라는 사실은 나중에 알게 되었지만 그건 크게 중요하지 않았다. 그 어린 시절의 별빛이 떠올라 하늘의 별을 바라보며 노래하고 춤춘 것만으로도 충분했다.

별에서 온 「어린 왕자」와 황순원의 소설 「별」도, 이병기의 시조 「별」도, 정호승의 시 「우리가 어느 별에서」도 나는 좋아한다. 그 중에서 가장 잊지 못하는 별이 나오는 작품 중 하나는 교과서에 실렸던 알퐁스 도데의 단편소설 「별」이다. 남녀가 아무도 없는 산속에서 밤을 지새우는데 별 사건이 없었다는 것, 별이 빛나는 그날 밤 목동은 아가씨를 지켜 순수한 사랑을 보여주었다는 것이 이 소설이 들려준 이야기 전부인데 나는 그 소설을 읽고 오랜 세월이 지나면서까지 이보다 더 좋은 소설은 만나지 못한 것 같다.

그밖에 김광섭의 시 「저녁에」는 가수 유심초가 부른 노래로 〈어디서 무엇이 되어 다시 만나랴〉로 재탄생했다. 정다운 사이인 너와 나의 만남과 헤어짐을 노래한 것인데, 화가 김환기의 작품은 성북동 이웃사촌이었던 김광섭과의 이야기로 더 유명하다. 1970년 어느 날, 김환기는 친구 김광섭이 죽었다는 소식을 받고 「저녁에」를 드로잉했다. 캔버스 전체를 별이 뜬 것처럼 빼곡하게 점들로 채운 작품 제목은 김광섭의 시詩 마지막 구절인 '어디서 무엇이 되어 만나랴'였다. 하지만 김광섭의 사망 소식은 어처구니없게도 오보였다.

김환기는 이 작품으로 '한국미술대상'을 수상했고 1794년에 김광섭보다 3년 먼저 숨을 거두었다. 그래서 이 작품으로 탄생한 〈어디서 무엇이 되어 다시 만나랴〉는 그들의 우정이 절절하게 느껴진다. 지금쯤 '어디서 무엇이 되어 만나'

게 됐을 두 사람을 생각하게 하는 노랫말은 몇 년 전 고故 이태석 신부가 기타를 치면서 부름으로 다시 한번 사람들의 마음을 울렸다. "저렇게 많은 별들 중에서 별 하나가 나를 내려다본다. 밤이 깊을수록 별은 밝음 속에 사라지고 나는 어둠 속에서 사라진다. (…) 이렇게 정다운 너 하나 나 하나는 어디서 무엇이 되어 다시 만나랴."

그렇다면 윤동주의 「별 헤는 밤」은 어떤가. 시인은 별 하나하나를 그리운 이름에 붙여 세고 있다. 도무지 별이 모자랄 지경이다. 그리운 사람이 많다는 것은 얼마나 행복한가. 하지만 만날 수 없으니 얼마나 고통인가. "이네들은 너무나 멀리 있습니다. 별이 아스라이 멀 듯이"라는 표현에서 시인의 처절한 외로움이 절절하게 와 닿는다.

그런가 하면 이성선의 「사랑하는 별 하나」는 김춘수의 시 「꽃」을 떠올리게 한다. 그의 말이 아니더라도 우리는 누군가의 꽃이 되고, 눈짓이 되고, 의미가 되고 싶어한다.

빈센트 반 고흐의 〈별이 빛나는 밤〉도 빼놓을 수 없다. 그 누구보다 외로웠던 그는 스스로 목숨을 끊기 2년 전 〈론 강의 별이 빛나는 밤〉을 그린다. 이듬해 정신병원에 입원하여 또다시 〈별이 빛나는 밤〉을 그렸다. 그는 하늘의 별을 그린 것이 아니라 처절한 고독과 타오르는 '영혼의 불꽃'을 그렸는지도 모른다.

전설의 듀엣 트윈폴리오가 네덜란드 가수 하인체의 노래 〈두 개의 작은 별〉을 번안해서 부른 노래도 떠오른다. 송창식과 윤형주의 트윈폴리오 해체 후 1972년에 솔로로 독립한 윤형주가 다시 불러 오랫동안 많은 사랑을 받은 곡이기도 하다. '아침이슬 내릴 때까지' 별을 세는 모습은 알퐁스 도데의 순수한 별보다 더 독한 마음과 끈기가 느껴진다.

우리는 만인의 스타가 될 수는 없다. 그러나 가까이에서 서로를 비쳐주는 그런 존재이고 싶어한다.

나도 사랑하는 별 하나를 갖고 싶다. 나이를 먹는다고 별을 보지 못하는 건 아니다. 오늘밤 나에게 꿈을 주는 별, 어둠을 밝히는 별에게 가까이 가고 싶다. 어둠 속으로 걸어가 마침내 별을 만지고 싶다. 나의 그리운 사람들….

색은 나를 춤추게 한다

색채심리이론을 대중적으로 알린 사람은 카를 융이다. 스위스 심리학자인 카를 융은 자크문트 프로이트와 함께 심리학과 정신분석학의 큰 줄기를 만들었다. 그는 어려서부터 상상하기를 좋아했는데 중년에 접어들면서는 이미지 환상과 꿈이 더욱 풍부해지고 강해졌다. 융은 사람들이 상상이나 꿈을 통해 표현되는 것들을 인식하면 더 완전한 인격체가 된다는 사실을 발견했다. 프로이트의 꿈이 가면의 역할로 진실된 내용을 왜곡한다는 부정적 평가를 받은 반면 융의 꿈은 때로 가면역할과 예시像示역할, 거기에 보충역할까지 할 수 있다는 거였다.

우리는 프로이트의 성격발달이론 중 오이디푸스콤플렉스와 엘렉트라콤플렉스를 같이 소개하는데 엘렉트라콤플렉스는 융이 만든 용어이다. 프로이트는 오이디푸스콤플렉스를 통해 남성 중심으로 설명했다. 그렇더라도 현대심리학과 정신분석학에서는 재검증을 거쳐 프로이트는 물론 융의 개념을 그대로 사용하지 않는다.

카를 융은 히포크라테스가 정의한 인간의 네 가지 기질을 색채와 연관된 성격유형으로 구분하고 그것을 통해 인간 행동의 내적 동기를 설명하였다. 가령 빨강, 노랑, 초록, 파랑 중 우세한 색을 기반으로 개인의 성격과 특성을 분류했는데 이러한 카를 융의 '색채심리이론'은 요즘 MZ세대로부터 유행하는 MBTI 성격검사의 근거가 되었다.

색채심리학 수업은 나의 인문학적 호기심에서 시작되었다. 도대체 색과 사람의 성격이, 또 건강이 어떻게 연관되어 있는지 알고 싶어졌다. 더 나아가 우리의 일상생활에서 활용하는 것과 놓치는 것이 무엇인지 확인하고도 싶었다. 자신의 신체가 원하는 색을 인지한다는 정보에 가장 먼저 놀라웠고 또 그것이 크게 다가왔다. 몸이 알아서 스스로 치료할 수 있는, 민간 색채치료법이 있다니 무척 흥미로웠다. 평균수명이 길어지면서 건강이 최고 관심사가 된 요즈음, 이 수업은 자신의 건강을 효과적으로 증진시킬 수 있는 좋은 기회였다.

색채심리학은 최근에 발견한 학문인 줄 알았는데 이미

100년이나 되었다고 한다. 최근 들어 광고 마케팅이나 인테리어, 각종 디자인, 스포츠 등에 활용되면서 고정된 시각에서 벗어나 좀 더 폭넓게 색을 바라보는 계기가 되었다. 색에 대한 학문의 가치는 다양하게 활용되고 있다. 색은 치유, 기적, 이완, 상징적 특징을 가진다. 색의 효과에 대해 많은 사람들이 공감하는 내용을 접하면서 나도 점점 색에 빠져들어 갔다.

빨간색은 경매에서 더 높은 가격 제시에 영향을 주는 것으로 밝혀졌다. 남녀 아동의 장난감을 파란색과 분홍색으로 구분하는 것은 현대에 들어 조금은 희석된 듯하나, 아직까지 이어지고 있다. 또 과학적 증거에 따르면 빨간색이나 녹색과 같은 특정 색이 노인의 인지능력을 개선할 수 있다고 밝혀졌다. 거기에 색채가 음식 맛을 좌우하기도 한다고 하니 신기할 따름이다.

'색채심리상담사'는 다양한 심리적 기법을 활용해서 심리와 정서에 미치는 영향을 분석한다. 내담자가 심리적 어려움에서 극복할 수 있도록 정서적 균형을 찾아주는 일을 돕는다.

강의가 끝나고 참관자들과 테스트를 했다. 나는 레드컬러Red color로 오렌지색과 노란색 그리고 녹색 계열의 영역을 보충하는 것이 건강을 유지할 수 있다고 진단이 나왔다.

관심을 갖고 보니 실천하게 되었고 실천한 내용을 적으면서 나의 변화와 느낌을 기록하게 되었다. 그리고 나의 생활이 조금씩 변화됨을 알 수 있었다.

가장 먼저 바뀐 것이 검정색, 회색, 밤색 계통의 어두운 색을 즐겨 입었던 예전과는 달리 진단 결과에서 배운 대로 초록색 계열의 옷을 장만하게 되었다. 정말로 기분이 좋아지고 우울증에서 벗어난 느낌처럼 안정감을 찾아가는 걸 확인했다. 생활 속에서 초록색을 볼 때마다 아무 느낌이 없었던 과거와는 달랐다. 초록색을 만날 때마다 반갑고 기쁘고 묘한 에너지가 느껴졌다. 우리 집 소파 색, 신호 등의 초록색, 생선 담는 접시, 쟁반, 칠판 바탕색깔, 책상 유리 밑에 까는 천, 화장품 냉장고 등 나의 생활공간에서 초록색이 얼마를 차지하고 있는지 확인하는 버릇이 생겼다. 확인되는 순간만큼은 왠지 마음이 차분해지면서 쌓였던 스트레스가 해소되는 기분까지 들었다.

또 하나는 병원에서 고혈압 전 단계 진단을 받았기에 색채를 이용한 호흡법을 아침저녁으로 실천해보았다. 몸에 필요로 하는 색깔에 마음을 집중하면서 깊게 숨을 들이마시고 내쉬는 것을 여러 번 반복한다. 어느 순간 그 호흡법이 습관이 되었고 가슴이 시원해지는 경험을 했다.

거기에 활력과 조화를 주는 음식의 색깔을 고려하다보니

평상시 식생활에도 변화를 가져왔다. 건강에 좋다는 레드컬러 계열의 채소와 과일을 더욱 신경써서 섭취하게 되었다. 보충해야 할 오렌지색으로는 귤과 오렌지, 노란색은 바나나와 파인애플, 녹색 계열은 사과와 브로콜리 그리고 오이, 양상추, 상추 등의 야채류를 많이 먹었다. 카페에 가면 녹차라떼를 챙겨 먹는 것도 잊지 않았다.

강의를 함께 들었던 회원들과 식사할 기회가 있으면 습관처럼 저마다 필요로 하는 색깔의 음식물에 젓가락이 가는 것을 보고 함께 웃었다. 덕분에 엔도르핀이 많이 쏟아졌다. 그런 시간이 행복했다.

색깔에 관심을 가지면서 멋쟁이라는 말도 듣는다. 아무래도 나에게 어울리는 색을 가까이하다보니 그런 것 같다. 색을 알면서 생긴 변화는 즐거움이다. 사물을 볼 때도 음식을 먹을 때도 옷을 입을 때도 나는 늘 색과 함께 춤춘다. 어느새 '빛과 색채와 삶은 하나다'라는 생각으로 건강한 삶을 살고 있다. 앞으로도 그럴 것이다. 빛에너지는 우리의 건강을 유지해준다고 했다. 강력한 자외선이 무섭긴 하나 그래도 햇빛은 우리 몸에 반드시 필요한 요소이다. 햇빛이 쏟아지는 거리에서 활짝 웃을 수 있는 것도 건강해지는 방법 중 하나일 것이다. 웃자! 웃자! 햇빛 받으며 무조건 활짝 웃자!

꽃차 이야기

도봉여성센터에 '꽃차 소믈리에' 과정이 신설되었다. 꽃을 좋아하는 나는 그 과정이 궁금했고 점점 관심이 더해갔다. 마감 전에 등록을 마치고 꽃차와 관련된 음식과 차를 검색했다. 생각보다 다양한 꽃이 식용으로 이용되었다.

지난 날 허브랜드에서 맛본 허브비빔밥 위에 장식된 한련화가 생각났다. 눈으로만 향기로만 즐겼던 꽃을 맛으로도 느낀다니, 마음이 달떴던 기억이 났다. 꽃이 더해진 비빔밥은 마치 내가 특별한 대우를 받고 있다는 기분까지 들게 했다. 젊은 시절, 진달래화전을 만들면서 소월의 시를 읊고 노래하던 때도 떠올랐다. 여행 중 화개장터에서 구입한 국화차를 우려 마시던 기억은 또 어떤가. 바싹 마른 국화잎에 적당히 뜨거운 찻물을 붓고 꽃잎이 점점 부풀어가는 걸 보면서 아이처럼 좋아했던 그날 그 기분 그대로였다. 향기에 취하고 분위기에도 취했던 날, 나는 꽃차의 매력에 빠져들었다.

이론으로 만난 꽃차 만드는 방법은 다양했다. 우리가 체험한 과정은 덖음꽃차로, 차 종류는 장미꽃차였다. 마침 비오는 날이어서 덖고 식히고 말리는 과정이 오래 걸렸다. 차 만드는 과정이 간단하지 않다는 건 알고 있었지만, 직접 접하고 보니 웬만한 인내심 아니고서는 전체 과정을 무사히 마치기가 어려울 것 같았다. 그래서 옛 어른들이 차茶를 이야기하면서 도道를 함께 말했는지도 모르겠다.

꽃차라는 것 외, 덖는 방법과 과정은 다른 차 만드는 과정과 크게 다르지 않았다. 그래도 재료가 꽃이다 보니 만드는 내내 조심스럽고 불안하고, 멀쩡한 꽃이 으깨질 때는 미안하기까지 했다. 또한 먹을 것이 부족한 세상도 아닌데 이렇게 예쁜 꽃을 먹어야 하나, 하는 생각이 따라다니며 나를 괴롭혔다. 일은 손에 붙지 않고 실수를 연발했다. 팀원의 도움이 없었다면 그날 내 몫은 하루에 끝내지 못했을 것이다. 반장은 손이 더딘 사람들 것을 자기 집으로 챙겨가 완성해 다음 시간에 가져다주었다.

빗소리와 함께 모두들 둘러앉아 손수 만든 꽃차를 음미한다. 만들 때는 힘들었지만 차를 마시고 즐기는 시간은 신선놀음이 따로 없다. 눈을 지그시 감으면 그곳은 어느새 또 다른 공간이 된다. 나는 어느 집 정원에 마련된 탁자 위 투명

유리찻잔을 바라본다. 누구 집인지도 모를 그곳. 나의 찻잔에도 장미꽃이 피어난다. 장미는 넝쿨 따라 울타리를 오르고 햇살 받은 꽃은 향기로 빛난다. 들릴 듯 말 듯한 음악소리가 나의 기분을 한껏 달뜨게 한다. 어느 귀부인이 이런 호사를 누릴까. 골목을 지나는 사람들도 흘끔거리며 정원을 들여다본다. 가만히 찻잔을 들고 의자 등받이에 기대 천천히 주위를 관망한다. 잘 정돈된 정원은 온갖 꽃들로 가득하고, 거기 나비가 날아오르고, 어디선가 선선한 바람이 불어온다.

바람을 느끼며 눈을 뜬다. 잠시 동안의 상상이 너무나도 행복하다. 누구에게도 말해주고 싶지 않은 나만의 비밀로 간직하고 싶은 순간이다. 왁자하기만 했던 여인들은 저마다 정숙하게 앉아 차를 음미 중이다. 대화를 나눌 때도 도란도란, 행동도 조심스럽다. 누가 가르치고 시키지 않았는데도 저절로 그리되는 것이 희한할 정도이다.

다음 시간은 강사가 따로 준비한 코스모스차와 국화차, 메리골드차를 맛보며 각각의 효능을 듣고 만드는 법을 배웠다. 꽃의 성질에 따라 다루는 법이 다른 걸 보면, 사람이나 식물이나 똑같은 것은 없는 모양이다. 각자 개성이 다르니 그 성질도 당연히 다른가보다. 거리를 두고 조금씩 다가가야 하는 사람이 있는가 하면 바로 마음을 표시하지 않으면 금방 달아나버리는 사람도 있지 않은가. 강사는 꽃차를 설명하고 나는 사람의 마음을 상상하며 웃고 있었다. 그때 내 자리로 메리골드차가 전달돼 왔는데, 처음 접한 맛이 영 내 취향이 아니었다. 바로 물릴 수도 없고 그대로 다 마실 수도 없는 것이, 처음 마주한 사람처럼 이러지도 저러지도 못하고 엉거주춤 찻잔만 바라보았다.

수많은 꽃차 중 나한테 맞는 차는 '장미꽃차'였다. 차 이름도 차 빛깔도 향도 맛도 마음에 들었다. 상상 속에서 맛본 그 차여서 더욱 반가웠다. 만병통치약이라고 해도 좋을 그 효능까지도.

푸드코디네이터이기도 한 강사는 다양한 색깔과 그림이 있는 냅킨으로 장미 접는 법을 알려주었다. 수업이 끝나고 준비해온 간식에 그날의 꽃차와 어울리게 냅킨 꽃으로 테이블을 장식했다. 우리는 누구랄 것도 없이 강사의 손놀림에 환호했다. 테이블 마무리는 수강생들이 들에서 꺾어온 국화꽃과 갈대 그리고 단풍잎과 은행잎으로 장식했다. 조별로 개성 있게 완성된 테이블은 제각각 주제가 있어 재미를 더해주었다. 꽃차 자리는 나 개인의 만족과 함께 우리 모두가 함께 하는 화합의 자리이기도 했다.

수많은 꽃들을 눈으로만 즐기다가 꽃차로 만나면서 나의 삶이 더욱 풍성해짐을 느낀다. 또 하나의 세계를 만난 기분이랄까.

　이 계절, 깊은 생각과 함께 꽃을 향한 호기심은 계속되었다. 무언가를 알아간다는 것은 이처럼 설렘과 함께 한다.

제5장

나이를 잊고,
원하는 삶이어라

삶의 길에서 만난 우리는 서로에게 꽃의 언어와 미소로 다가가 그의 이름을 불러주고 사랑으로 대할 수 있으면 좋겠다. 이름이 뭔가? 장미를 다른 이름으로 불러도 그 아름다움과 향기는 변함 없이 그 꽃인 것처럼, 우리는 각기 다르지만 언제나 누군가의 그런 꽃이었으면 싶다.

「꽃과 사람」 중에서

내 인생의 대박

    수많은 유행어 중에서 나는 '대박'이라는 어휘에 유독 관심이 쏠린다. '바다에서 쓰는 큰 배'라는 의미의 어원은 언젠가부터 '대성공'으로 자리잡으며 생활 속에서 친숙한 언어가 되었다. 어떤 이는 노름판이나 주식에서 금전적으로 크게 이익을 보았을 때 대박났다는 말을 해서 시작됐다고도 하는데 대박이 났다고 반드시 행복으로 연결되는 건 아니다. 그럼에도 개업집이나 새로운 일을 시작할 때 우리는 흔히 '대박나세요' 하며 덕담을 하곤 한다.

    나는 주식이나 도박, 복권 등에 관심도 취미도 없다. 대박날 일도 없고 대박을 바랄 일은 더더욱 없다. 허황된 일에 눈을 돌리기보다는 주어진 나의 몫에 만족하고 감사하며 살아갈 뿐이다. 조금 덜 쓰고 욕심을 늘리지 않으니 불편하지 않다. 적당히 여가를 즐기며 건강한 노후를 위해 내가 좋아하는 일에 집중한다.

요즘 들어 나의 일상에도 대박난 사건이 하나 치고 들어 왔다. 전국적으로 유행을 휩쓸고 있는 '임영웅의 홈 챌린지' 로 도봉구민회관 라인댄스반에서 그 춤을 시작했다. 강사 의 지도로 수강생들과 함께 배우고, 익히며 몇 날 며칠을 보 냈다. 결과물을 유튜브로 확인하는 순간 나도 모르게 대박 이야! 소리가 입 밖으로 터져나왔다. 요즈음 유튜브는 누구 나 찍을 수 있다고 하지만, 내 모습이, 그것도 댄스복을 입고 젊은이들과 섞여서, 게다가 대한민국의 영향력 있는 연예인 순위 몇 손가락 안에 든다는 임영웅의 홈 챌린지를 따라서 했다는 사실이 나에게는 대단한 일이었다. 이런 게 대박이 아니고 무엇인가.

80 가까운 나이지만 20년 이상 젊은이들과 한 공간에서 땀 흘리며 운동을 할 수 있다는 것은 생각만 해도 감사한 일이다. 젊은 친구들도 나에게 대단하다고 하면서, 자기들 도 내 나이 되면 라인댄스를 계속 할 수 있을까? 하고 놀라 며 용기와 힘을 실어준다. 좋은 음악과 함께하는 라인댄스 는 운동도 되고 마음까지 즐거우니 몸이 허락할 때까지 해 볼 참이다. 몸매가 드러나는 의상으로 처음에는 민망했지 만 점점 과감해져서 이제는 어떤 의상도 거뜬해졌다. 무대 에 서면 나는 나이를 잊는다. 아니 언제부터인가 나이를 잊

고 지낸다. 그러면서 자신감도 부쩍 살아난 것 같다. 버스를 타도, 지하철을 타도 유리에 비친 내 모습은 아직 꼿꼿하다. 옷차림은 과하지 않으며 단정하고 다른 사람에 비해 당당한 편이다.

젊은이들과 어울리면 덩달아 기분도 젊어지는 것 같다. 젊은 감각의 옷을 찾게 되고 주변 것들에 신경을 쓰면서 품위유지비를 아끼지 않는다. 댄스복도 신경써서 입는다. 라인댄스반에서는 분기별로 댄스파티를 하는데 간식을 준비해 나눠먹고, 푸짐하게 선물도 준비하고 그것을 추첨해 나눠갖기도 한다. 어떤 때는 재미삼아 베스트드레서를 뽑기도 한다. 나는 베스트드레서로 뽑혀 축하받은 적이 있다. 젊어서부터 옷을 좋아하기는 했지만 나이의 숫자가 늘어나면서 옷에 집착하는 버릇이 더 커졌다. 나이든 걸 들키지 않으려는 마음인가 싶지만, 젊은 사람들과 함께하고 싶은 마음이 더 크다.

가급적 집에만 있기보다 요일을 정해 밖으로 나가 소모임을 즐긴다. 정기적으로 많은 사람들과 소통하면서 지내다보면 몸도 마음도 건강해지는 나를 발견한다. 5년 전부터 일주일에 한 번씩 시낭송봉사활동을 하고 있다. 인근 해당 카페에서 진행하는 시낭송회는 자신을 위해서도 힐링이 되지만, 시를 통하여 많은 사람들에게 작은 위안이 된다는 점에서 보람을 느낀다.

국어교사로 교직에 몸담았던 나는 우연한 기회에 수필에도 입문했다. 살아온 날들과 살고 있는 이야기를 글로 정리하면서 의미 있는 시간과 공간을 재조명하는 과정이 새로운 즐거움이 되었다. 놓치고 온 것들에 대한 미련과 채우지 못한 부족함은 언제나 아쉬움으로 남지만 그것들이 밑거름이 되어 앞으로의 나를 키우고 있다.

생각해보면 라인댄스나 시낭송봉사활동이나 수필가로서 글쓰기를 하는 것이 나의 삶 속에서 대박이 아닌 것은 하나도 없다. 대박이 별거인가? 나한테 의미 있는 특별한 것이면 대박이지. 흐르는 것은 막을 수 없다. 나는 흐르는 대로 따라왔고 그때마다 충실했으며 또 그렇게 흘러갈 것이다. 이 모든 것들이 나에겐 대박이라고 하겠다.

나의 애창곡

　사람들은 '당신이 좋아하는 노래'가 궁금할 때 '18번'이 뭐냐고 묻는다. 애창곡을 왜 18번이라고 할까? 18번은 일본의 전통 공연예술인 '가부키'에서 유래한 말이다. 노래와 춤과 기예로 구성되는 종합연극으로 가부키의 작품 중에서 18편을 선정하여 발표했는데 좋아하는 노래로 의미가 변하여 오늘날 애창곡 '18번'으로 불리게 된 것이다.

　한동안 생일, 출산, 승진 등의 축하 모임이 있을 때 식사 후 노래방으로 가곤 했다. 저마다 좋아하는 노래 한 곡씩 부르는 건 기본이었는데, 노래 실력은 기계가 평가했기에 나는 가사를 음미하면서 그 사람의 인생 이야기를 엿듣듯 각자의 사연을 상상하곤 했다. 그중 우리 엄마가 들려준 〈봄날은 간다〉는 슬픈 곡조로, 아직도 내 마음을 아프게 한다. 고된 시집살이로 눈물 마를 틈 없었던 엄마의 시간은 홀얼거리는 곡절마다 한이 서려 있었다. 결혼식을 올리자마자 남편을 일본 유학길에 보내놓고 층층시하에서 외롭게 홀로 보낸 세월은 믿기지 않을 정도로 길고 길었다. 봄날은 가고 또 가도 그리운 이는 돌아오지 않고, 애먼 곳에서 타박이 들어오면 움찔 놀라 뒤란으로 달려가 구석진 곳에서 흐느꼈던 어머니.

엄마를 그대로 닮은 여동생은 외아들 교육문제로 호주로 이민을 갔다. 제부는 자유롭게 한국을 드나들면서 기러기아빠처럼 살았다. 동생은 자연히 젊었을 때 좋았던 남편과 서서히 멀어지는 느낌을 받았다. 얼마 전 동생이 한국에 왔을 때 오랜만에 우리 자매는 노래방에 갔다. 동생이 불렀던 노래는 하나같이 사연 있어 보여 듣는 내내 나를 힘들게 했다. 무슨 일 있느냐고 묻고 싶을 정도로 동생의 표정은 슬퍼보였다. 그가 부른 곡은 김수희 〈잃어버린 정〉이었다. '잃어버린 정이 그리워지면 그때는 어찌하나요?'를 소리높여 열창하는데 하마터면 다가가 안아줄 뻔했다. 자신의 심정을 노래로 들려준 것이라는 생각에서였다.

손자손녀가 초등학교 입학 전이었다. 딸네 가족 넷이 한국에서 3개월 정도 머물렀다. 그때 할머니가 나비를 좋아한다는 걸 알고 아이들은 윤도현의 〈나는 나비〉를 연습해 노래방에서 나를 놀라게 했는데, 그 노래를 들으며 나는 행복했다. 어느 날은 손녀랑 단둘이 침대에 누워서 이런저런 얘기도 나누고 노래도 서로 불러주었다. 손녀는 할머니가 좋아하는 노래가 궁금하다고 했다. 나는 "옛날 옛날 한 옛날에 예쁜 소녀 하나가 (…) 호랑나비 한 마리는 가슴에다 붙이고 머리 위에도 어깨 위에도 노랑나비 붙일래 (…) 나는야 아름다운 사랑의 나비소녀"로 흐르는 〈나비소녀〉를 들려주었다. 손녀는 경쾌한 리듬에 몸을 흔들며 재미있다고 따라부르면서 "할머니는 나비소녀가 아니잖아요?" 했다. 나는 일부러 '나는야 아름다운 사랑의 나비소녀'라는 부분을 크게 세 번 반복하여 불러주면서 할머니는 나비소녀임을 강조했다. 다음날, 손녀는 노래에 율동까지 하면서 완창했다. 너무도 귀엽고 사랑스러운 아이였다.

나의 오래된 애창곡은 〈옛 시인의 노래〉이다. 특히 "좋은 날엔 시인의 눈빛 되어 시인의 가슴이 되어 아름다운 사연들을 태우고 또 태우고 태웠었네. 시인은 시인은 노래 부른다 그 옛날의 사랑 얘기를" 이 부분을 좋아한다. 노래를 부르다보면 나도 시인이 된 것같이 좋아서이다. 노랫말처럼 시인이 되어 그 옛날의 사랑 얘기를 노래로 자주 불렀다. 이 노래를 평생 부르다보니 내 인생이 노랫말처럼 살아진 것이 아닌가 싶다. 그러나 가사 중 '우리들 사이에 아무것도 남은

171

게 없어요'는 공감하기가 싫다. 그러므로 이참에 애창곡을 바꾸고 싶다는 생각에 이르렀다.

〈별빛 같은 나의 사랑아〉로 바꾸고 노래 배우기에 열중했다. 드디어 노래방에 가면 한번 불러보고 싶은 노래가 되었다. '별빛 같은'에서 별빛이 상징하는 의미가 젊은 날에는 사랑과 꿈과 밝은 세상이었다. 요즈음은 아이러니하게도 멀다, 외롭다, 그립다, 등의 이미지로 다가온다. 나이에 따라 기분에 따라 의미는 달라지는가보다. 가수들이 자신의 히트곡 가사처럼 살아진다는 이야기를 들어서일까.

최근에 트로트 프로그램 〈현역가왕〉에서 전유진이 나의 애창곡인 〈옛 시인의 노래〉를 불러 1대 현역가왕으로 탄생했다. 그 순간 묘한 기분에 휩싸였다. 필연일까, 우연일까? 나의 들뜬 마음은 한동안 텔레비전 화면에서 떠나지 않았다. 어쩌면 필연일지도 모른다는 생각으로 기울었다. 현역가왕이 부르는 '나의 애창곡'은 그야말로 명곡이었다. 한동안 울적했던 마음이 살아나는 것 같았다.

노래는 인생을 살아가면서 함께해야 할 동반자와도 같다. 나의 18번은 점점 경쾌하고 밝은 쪽을 향한다.

나이는 숫자, 마음이 진짜

꽃처럼 아름다웠던 나의 전성시대는 점점 멀어져가고 '나이는 숫자, 마음이 진짜'라는 말을 받아들여야 할 나이가 되었다. 바쁘다는 이유로 소설보다 수필을 수필보다 시를 더 가까이했는데, 요즘은 시를 외우기도 하고 수필을 쓰기도 한다. 문학은 때때로 나를 즐겁게 해준다.

언제부터인가 나이 탓을 하면서 건강에 신경을 쓰게 된다. 그중 치매가 가장 거슬리는데, 그것은 더 이상 어르신들만의 병이 아니라는 걸 알고부터이다. 나보다 한참 젊은이들도 스트레스를 많이 받아서라며 건망증이 심해졌다고 한다. 이러한 증상이 심해지면 치매가 빨리 올 수밖에 없다고 들었다. 사람들이 일상에서 하는 말들은 의학적 지식과 과학을 따지기 전에 가슴 안으로 먼저 밀고 들어온다. 요즈음

나도 건망증인지 치매 초기인지 분간하기 힘든 '아차'하는 일들이 과거보다 많아졌다. 깜빡 잊어버려도 나중에 기억나면 건망증, 기억이 안 나면 치매라고 하던데 어찌됐든 치매는 오지 않았으면 한다. 치매에 걸리면 환자도 힘들지만 주변 가족들이 더 힘들어한다는 말은 경험하지 않아도 알 것 같다. 치매는 과거를 잃어버리는 것뿐만 아니라 미래에 대한 가능성도 차단되는 질병이다. '웰니스(행복한 삶)'와 '웰다잉(행복한 죽음)'이 중요시되는 현대사회에서 더욱 멀리하고 싶은 질환이다.

나는 가급적 무언가를 꾸준히 배우려고 노력한다. 게으름도 습관이 된다는 말을 듣고부터는 더더욱 몸과 마음을 움직여 삶을 윤택한 쪽으로 유도한다. 음식을 먹을 때도 건강을 생각하고, 이왕이면 예쁜 그릇에 테이블 장식을 곁들인 후 밥상을 차린다. 절로 흐뭇한 미소가 지어지면서 잘 살고 있다는 생각까지 든다.

내가 시간을 내면 집 근처 문화원에서 다양한 프로그램을 접할 수 있다. 좋은 환경에 저렴한 수강료로 무언가를 배운다는 것이, 나를 더 풍요롭게 해준다. 얼마 전부터 일주일에 두 번씩 라인댄스를 배우고 있다. 흥겨운 음악과 율동을 즐기며 신바람을 맞는다. 열심히 움직이다보면 땀도 나고 확실하게 운동이 되어 기분이 좋다. 일주일에 새로운 작품을 하나씩 배우면서 진도를 나간다. 순서를 외우고 동작도 신경쓰다보면 두뇌 활동이 활발해져서 젊어지는 기분까지 든다. 운동 후 맛집에서 건강식도 먹고, 정보교환도 하고, 여행 계획도 조율하면서 회원 간의 우정도 나눈다.

시낭송가 자격증을 취득한 나는 '내 안에서 찾는 나'라는 프로그램으로 시詩치유 시낭송 재능기부를 하고 있다. 일주일에 한 번씩 주말이면 집에서 가까운 '청춘카페'나 '실버카페'에서 봉사를 한다. 개인적으로는, 시를 암송하는 일이 기억력 향상에 도움이 된다는 신념으로 열심히 외우고 준비한다. 시낭송은 나 자신을 위해서도 힐링이 되지만 나의 시낭송을 들은 사람들에게 시를 가까이 할 수 있는 동기를 부여하기도 한다. 많은 사람들이 내가 낭송하는 시를 들으며 감동하는 모습을 볼 때면 보람을 느낀다. 작은 위로와 삶의 지혜를 얻고 정서순화에도 도움이 된다는 분들을 만나면 잘했다는 생각을 한다.

교직에 있을 때 국어를 담당한 나는 주변의 권유로 수필을 쓰고 있다. 하다보니 '수필쓰기'가 나의 건강한 삶에 많은 도움이 된다는 걸 알았다. 글도 머리를 써야 하기 때문이다. 살아온 날들을, 살아갈 날들을 나름의 경험을 살려 쓰면서 상상 속으로 뛰어들어가야 할 때도 있다. 당연히 생각에 잠겨 지낼 시간이 많아진다. 살아온 흔적들을 진솔하게 정리

175

하는 그때가 나에겐 그 어느 때보다 의미 있는 시간이다. 그러나 회고적, 기행적 수필 위주로 쓰면서 고민하지 않을 수 없다. 나도 고뇌에 찬 생각으로 감성과 철학을 겸비한 멋진 글을 쓰고 싶다는 고민이 떠나지 않기 때문이다. 이러한 고민까지도 치매예방에 도움이 되기를 바란다.

성격이 치매와 관계가 있다는 이야기를 들었다. 게으른 성격, 예민한 성격, 냉소적 성격보다 부지런하고 원만하고 긍정적인 성격이 치매예방에 도움을 준다고 하니, 내가 하고 있는 일들은 도움 쪽에 가깝다.

치매에 원인이 되는 대표적인 음식에는 청량음료, 술, 커피가 있다. 이는 우리의 뇌를 쪼그라들게 만들어서 치매의 발병을 촉진시킨다고 한다. 되도록 건강음료를 챙겨 마시며 몸에 좋지 않은 먹거리는 멀리하려고 한다.

치매를 예방할 수 있는 방법 중 하나는 아침에 일어나자마자 천연소금을 약간 추가한 따뜻한 물을 마시면 효과가 있다고 한다. 누구나 한 번쯤 들어서 알고 있겠지만, 실천하는 것은 마음처럼 행동이 따라주지 않는다. 그래도 나의 스마트폰 검색창은 온통 치매에 관한 것들뿐이다.

운동하기, 시낭송하기, 수필쓰기가 두뇌활동으로 치매의 시기를 어느 정도 늦출지 모르겠으나, 완전히 예방할 수 없다는 것쯤은 나도 알고 있다. 찾아올 것은 때가 되면 언제라도 오게 돼 있다. 나의 이 모든 노력이 물거품이 되더라도 건강이 허락되는 그날까지 머리를 회전시키는 일을 멈추긴 싫다. 아무것도 하지 않고 심심하게 사는 건 나와 어울리지 않기 때문이다.

그러고 보면 나는 치매예방 차원이 아닌, 내가 즐겁기 위해서 이 모든 것을 하고 있었다. 즐겁게 사는 것, 그것이야말로 진짜로 내가 원하는 인생이 아닐까 한다.

꽃과 사람

　동백꽃을 보면 어머니가 생각난다. 어머니의 삶이 〈동백 아가씨〉 노랫말과 일치하기 때문이다. 한 많은 삶을 침묵으로 일관하며 묵묵히 당신의 시간을 걸어오신 분이다. 생을 다하는 날까지 싫은 말 한번 없이 고요하게 살다가신 분. 동백꽃은 그래서 나의 어머니로 함축되곤 한다.

　그 때문일까? 사람을 만나면 그와 어울리는 꽃을 상상하게 된다. 몸매가 가냘프고 감성이 풍부한 소녀 같은 사람을 만나면 코스모스가 떠오르고, 과묵한 사람을 보면 함박꽃이 생각난다. 열정적이고 아름다운 사람을 생각하면 장미꽃과 함께 라인댄스 L선생님이 떠오른다. 주인공을 빛나게 도와주는 안개꽃은 많은 수강생들에게 용기와 힘을 실어주시는 H선생님이 연상된다. 밝고 해맑은 친구 K를 보면 해바라기가 생각나고 내 마음속엔 두둥실, 무지개가 뜬다. 더불어 나의 소녀 시절도 함께 그리워진다.

나는 어떤 꽃에 가까울까, 생각하다가 문득 수선화가 떠올랐다. 그리스신화에 나오는 미소년 나르키소스가 죽어서 꽃이 되었다는 유래와는 달리 신비, 자존심, 고결이라는 꽃말이 마음에 들어서이다. 나는 각종 모임에 나가면 왕언니로 불린다. 옛날에는 '왕'이라는 접두사가 기분 좋았는데 요즈음은 왠지 그게 또 신경쓰인다. 책임감이 들기도 하고 부담감도 적잖아서이다. 더 솔직히 말하자면 나이드는 걸 들키기 싫어서인지도 모른다. '자기애'가 강한 편인 나는 상처받지 않는 쪽으로 자신을 밀어넣곤 한다. 가급적 외모에 신경쓰고 서로 간의 갈등을 줄이려하고 관계에 신경을 쓴다. 이는 모두 나를 위한 일이라는 걸 알고 있다.

나는 오래 전부터 꽃을 좋아했다. 그러다보니 꽃 이름에도 관심이 많아졌다. 꽃말이라든가 유래라든가 설화 같은 것들을 찾아보며 상상의 꽃밭 거닐기를 즐겼다. 삶의 길을 오가며 만난 특별한 나무들은 이름표가 있어 궁금증이 금방 해결됐다. 반면 꽃은 종류도 많고 색깔도 다양하고 이름까지 어려워서 답답할 때가 많았다. 꽃 이름을 알려주는 앱을 휴대폰에 깔아놓고 수시로 사용한다. 나도 모르는 사이 사람들로부터 꽃박사로 불리지만 따지고 보면 모두 그 앱 덕을 보는 것이다. 야생화에 관심이 많은 사람들이 꽃 이름을 궁금해하면 나는 바로 그들의 궁금증을 해결해준다. 사람들도 각자 이름을 불러주면서 사랑을 전할 수 있으면 좋겠다.

꽃은 피고 지면서 한결같이 기쁨과 위안을 선물로 준다. 나도 주위 사람들과 그렇게 지내고 싶다. 사람의 마음은 알다가도 모를 일이어서 간혹 빗나갈 때도 있지만, 꽃처럼 바라볼 수 있다면 어느 정도 여유는 찾을 수 있지 않을까 싶다. 나는 늘 꽃을 곁에 두고 싶어 꽃에게 다가가기를 망설이지 않는다. 사람에게도 마찬가지이다. 꽃과 나는 같은 길 위에 있다. 꽃은 꽃대로 나는 나대로 서로 다른 꿈을 꾸겠지만 주어진 시간에 최선을 다하는 모습은 똑같이 닮았다.

집에서 가까운 곳에 주민들을 위해 조성된 공원이 있다. 산책삼아 꽃구경하러 그곳을 자주 간다. 하릴없이 거닐기도 하고 의자에 앉아 명상을 하다보면 분주했던 마음이 편안해짐을 느낀다. 최근에 '한옥마을도서관'도 개관하여 운영한다. 이곳에 들렀다가 봄소식을 전해주는 산수유꽃과 홍매화와 제비꽃을 만나면서 나는 전에 없이 새로운 감흥을 느꼈다. 아마도 그들의 존재를 귀히 여기고 오랫동안 집중해 바라본 때문이리라. 산책을 하다가 보도블록 사이로 피어난 샛노란 민들레꽃과 마주했을 땐 가던 길 멈추고 전에 없이 한참 동안 상념에 잠겼다. 끈질긴 생명력에 숙연해지는 것이었다. 새삼스러울 것도 없는, 어디서나 볼 수 있는 민들레 꽃에 붙들리다니. 나는 이미 꽃과 한몸이 된 듯했다.

　삶의 길에서 만난 우리는 서로에게 꽃의 언어와 미소로 다가가 그의 이름을 불러주고 사랑으로 대할 수 있으면 좋겠다. 이름이 뭔가? 장미를 다른 이름으로 불러도 그 아름다움과 향기는 변함없이 그 꽃인 것처럼, 우리는 각기 다르지만 언제나 누군가의 그런 꽃이었으면 싶다.

라인댄스는 나의 배터리

라인댄스Line Dance는 여러 명이 줄을 지어서 동일한 동작으로 춤을 추는 운동이다. 스포츠댄스처럼 파트너와 짝을 짓지 않고 앞뒤와 양옆에 서서 대열에 맞추어 춤을 춘다. 동작의 난이도는 있어도 그리 어렵지 않은 편이며 동작의 조합을 보면 반복된다는 걸 알 수 있다. 라인댄스의 기원은 다양하게 주장되고 있으나 컨트리&웨스턴댄스에서 출발했다는 설이 유력하다.

라인댄스를 시작하기 전에 나는 그 춤이 몸의 라인을 살려주는 운동으로만 알고 있었다. 많은 사람들도 나처럼 그렇게 생각하는 것 같았다. 일주일에 두 번 강습을 받는데 화요일과 목요일은 운동과 수업 때문에 사람들과의 약속을 피하고 있다. 내가 춤을 춘다는 걸 아는 친지들은 "라인댄스

열심히 하더니 옛날보다 살도 빠지고 라인도 살아나 몸매도 좋아졌네"라고 칭찬을 한다. 그들도 라인댄스가 몸의 라인을 살려주는 운동이라고 알고 있었다.

댄스스포츠에는 여러 댄스가 있는데, 내가 아는 춤으로는 사교댄스, 라틴댄스, 스탠다드댄스, 라틴아메리카댄스, 리듬댄스가 있다. 세부 종류로는 삼바, 차차차, 룸바, 자이브, 스윙, 맘보, 탱고 등이 있는데, 라인댄스는 댄스스포츠의 여러 동작을 음악에 따라 다양하게 즐길 수 있다는 매력이 있다.

집에서 20분 정도 소요되는 '여성문화센터'에서 처음으로 줌바댄스를 배웠다. 줌바댄스는 라틴댄스에 에어로빅 요소를 결합한 운동법으로 살사, 레게톤, 메랭게, 쿰비아 리듬 4가지를 기본 동작으로 한다. 중·고강도 유산소운동으로 피트니스 프로그램에도 들어가 있다고 한다. 줌바댄스를 지도하는 강사는 회원들 마음을 읽기라도 하는 듯 그들을 흥겹게 해준다.

춤을 시작한 지 2년쯤 지났을까, 강사가 개인 사정으로 문화센터를 떠나게 되었다. 막 재미를 붙일 참이었는데 아쉬웠다. 집에서 가까운 '도봉구민회관'을 검색하여 수많은 스포츠 프로그램 중 '라인댄스반'에 등록했다. 건강과 다이어트를 겸하다보니 삶의 활력소가 되었다. 줌바댄스 강사와는 달리 라인댄스 강사는 여성적이며 소탈한 성격으로 보였다. 소문을 듣고 먼 거리에서 찾아오는 회원이 늘어났다.

수업이 끝나면 젊은 친구들과 점심을 함께하고 정보교환도 하고 차도 마시면서 친해졌다. 5명의 회원은 여행, 요리, 등산(약초 채취), 텃밭 가꾸기 등 취미가 다양하면서 만나면 서로 마음이 통했다. 어느새 여행도 함께하고 집밥도 같이 먹는 사이가 되었다.

라인댄스반 모임 이름은 '우아미'다. 내가 그 이름이 어떠냐고 했을 때 모두들 찬성했고 만장일치로 정해졌다. 그날 회식을 하면서 앞으로 쭈우욱 '우아하고 아름답게 살자'고 건배했다.

어느 날인가, 산에 갔다온 친구가 두릅을 데쳐와서 5명이 배부르게 먹고 남은 것으로 두릅전까지 부쳐 봄날을 제대로 즐겼다. 모두들 봄이 주는 선물이라고 그 친구를 칭찬했다. 어떤 날은 한 회원의 농장에 초대받아서 고구마도 캐고, 방울토마토, 고추, 깻잎 등을 각자 수확해 집으로 가져와 며칠 풍성한 식탁을 차렸다. 수확의 기쁨을 누리는 귀한 추억이었다. 또 어떤 날은 점심때 식당에서 꼬막비빔밥을 사먹었는데 누군가가 꼬막 양이 너무 적다고 투정을 부렸다. 얼마 후에, 요리를 잘하는 친구가 꼬막을 삶아서 양념에 무쳐왔는데 엄청난 양에 모두들 놀랐다. 오랜만에 하얀 쌀밥에 꼬막무침을 듬뿍 얹어 여한 없이 먹었다. 누군가는 나이들어 친구 만나기 힘들다고 했는데 생각하기 나름인 것 같았다.

함께 여행도 많이 했다. 가장 기억에 남는 여행은 친구의 초대로 간, 그의 고향인 보은군 속리산면에 있는 초등학교였다. 동창들과 함께 운동장에서 동네 어르신을 모시고 '경로잔치'를 하고 있었다. 가수와 밴드를 초청해서 잔치 분위기가 고조되었다. 우아미회원 5명은 특별출연이었다. 우리는 댄스복까지 챙겨가서 행사를 빛냈다. 그 행사가 끝나고 6개월 후에 슬프고 안타까운 소식을 들었다. 그날 경로잔치는 아픈 친구가 기획하여 자신이 하늘나라로 가기 전 마지막으로 하는 인사자리였다. 천만 원이 넘는 사비를 털어 행사 비용을 부담했다고 하는데, 고급 호텔 출장 뷔페는 물론 참석한 이들을 위한 선물도 만만찮았다. 지구에서의 마지막 시간을 이렇듯 멋지게 마무리하는구나 하면서 우리 모두는 눈물을 닦았다.

얼마 후, 생각지도 못한 21세기 초유의 코로나19가 세계적으로 퍼졌다. 불청객은 우리 삶 속으로 깊숙이 들어와 생활을 붙잡고 좀처럼 놔주지 않았다. 모든 강좌가 폐쇄되어 '집콕' 신세가 되었다. 라인댄스도 못하고 일주일에 두 번씩 만나는 친구도 만날 수가 없어 점점 기분이 가라앉았다. 마주 앉아 일상을 나누던 즐거움은 옛날 이야기가 되었다. 만나고 싶은 사람, 가고 싶은 곳, 하고 싶은 일을 못하면서 삶이 힘들어지고 우울한 나날이 이어졌다.

해를 몇 번이나 넘기는 암울한 시간이 지나가고 도봉구민회관에서 좋은 소식이 왔다. 또다시 예전처럼 운동도 하고 친구도 만날 수 있게 되었다. 폐쇄된 공간에서 힘들었는지 예전보다 회원이 많아졌다. 그런데 우아미 친구 5명 중 세 명은 만남을 계속할 수 없었다. 건강상의 이유로, 가정 사정으로, 더는 함께할 수 없다니 마음이 허전했다.

우아미 모임은 없어졌지만 나는 라인댄스에 더욱 열심이다. 내 또래의 친구들이 물러난 자리에 대신 젊은 친구들이 들어와 나에게 힘을 실어준다.

"왕언니 대단해요. 우리도 언니 나이 되면 계속 댄스를 할 수 있을까요?"

"하고도 남지. 할 수 있다는 생각이 중요하지 않겠어?"

나는 그들을 응원해주었다.

좋은 음악과 함께 다양한 춤으로 운동을 하고나면 땀도 나고 젊어지는 기분으로 돌아간다. 확실히 춤도 운동이 된다. 순서를 익히면서 치매 예방에도 도움이 된다는 생각이 떠나지 않는다. 누가 뭐라 해도 라인댄스는 멈추고 싶지 않다. 뮤직~~ 큐!.

용두사미

　교직에 있을 때 잠시 골프를 배운 적이 있다. 학원장의 남다른 교육철학으로 골프선수를 육성하기 위해 특별교육을 활성화했는데, 옥상에 골프연습장까지 갖추는 등 열정이 대단했다. 교사들도 방과 후 골프강습을 받을 수 있었기에 친한 교사 몇이서 신청하게 되었다. 체육과 선생님들은 꾸준히 운동을 해왔던 터라 하루가 다르게 실력이 늘어갔다. 나도 운동이라면 뒤지지 않는다고 생각했는데 그들에 비하면 어림도 없었다. 집에서 가까운 실내 골프연습장에 등록하고 퇴근하면 매일 그곳으로 달려갔다.

　거기에 만족하지 못한 나는 2003년 겨울방학 때 '특수분야 교사 직무연수 골프' 과정을 신청했다. 충남 중부대학교 골프과 교수가 개설한 10일간 특별강좌로 모집인원은 40명이었다. 현장에 가서야 잘못왔다는 것을 알았다. 그 강좌는 골프 실기 중급과정이었다. 모집광고에 '초보자 제외'라는 문구가 따로 없어 신청한 거였는데 정말 난감했다. 교수님께 사정 이야기를 하고 있는데 나와 똑같은 실수로 온 사람이 3명이나 더 있었다. 돌아가야 하나 심기가 불편했다. 그때 누군가 환영의 박수를 쳤고, 여기저기에서 잘 왔다며 우리를 다독여주었다.

오전에는 이론수업을 했고 오후에는 실습시간으로 골프채를 잡았다. 교수님은 일일이 한 사람씩 자세교정을 해주며 그 과정을 촬영했고 대형 모니터에 띄운 후 다시 친절하게 설명해주었다. 교수님 지시대로 자세를 교정하고 스윙을 하면 더 잘 돼야 하는데, 전보다 거리도 안 나고 부담이 되면서 스트레스가 쌓인다며 불평하는 사람이 늘어났다.

시나브로 시간은 흘러 시험 보는 날이 돌아왔다. 연습할 때는 선수처럼 잘 치던 사람이 막상 시험을 볼 때는 긴장되는지 하나같이 실력이 저조했다. 초보자인 나하고도 성적 차이가 별로 나지 않았다. 나는 속으로 다행이라고 생각했다. 나는 연습할 때나 시험볼 때나 큰 차이 없이 여전히 제자리걸음이었으니까. 실력은 늘지 않아도 하나씩 배워가는 과정이 재미있었고 실내에서 퍼팅 시험을 볼 때는 적당한 긴장감에 초조한 마음까지 일어 잘할 수 있다는 기대가 생겼다.

강습을 무사히 마쳤다. 얼마 후 이수증과 성적표가 집으로 도착했다. 10일간 60시간 교육연수 성적은 86점이었다. 생각보다 낮은 성적을 확인하면서 당연한 결과라고 받아들였다. 얼떨결에 초급자가 중급 과정을 이수했지만 좋은 경험이었고 잊을 수 없는 사건이었다.

'골프는 과학이다'라는 말을 이해하면서 나만의 감각을 연습을 통해 조금씩 터득하기 시작했다. 하루하루가 즐거웠다. 그러나 그 즐거움은 나에게 어울리지 않는 사치였다. 커다란 시련이 내 앞을 가로막을 줄 꿈에도 생각지 못했다. 이럴 때는 '남편이 원수'라는 말을 해도 되지 않을까. 술에 취해서 계단을 내려오던 남편이 발을 헛디뎌 굴러 넘어진 것이다. 술자리에 함께했던 친구가 나에게 연락을 해 달려가 보니 내가 어찌할 수 있는 상황이 아니었다. 119에 전화를 걸어 도움을 요청했다. 난생처음 남편 덕분에 119구급차를 타고 응급실에 가보았다.

고관절수술을 마친 남편은 오랫동안 병원에 입원해야 했다. 환자도 나도 지칠 때까지 병원생활을 이어갔다. 다리를 절단하는 사람도 있는데 불행 중 다행이라고 생각하면서 우울한 감정을 달랬다. 퇴원 후에도 6개월 동안은 조심해야 했다. 전보다 할 일은 더 많아졌다. 종일 학교에서 아이들 가르치고 집에 오면 일은 산더미처럼 쌓여 있었다. 누워서 나만 기다린 그를 위해 잠들 때까지 종종대야 했다. 피곤하고 힘드니 골프 생각은 꿈에서도 할 수 없었다. 나중에는 남편이 미안했던지 뜬금없이 좋은 골프채를 선물해주겠다고 했다. 나는 감도 떨어지고 마음도 멀어졌다며 사양했다. 대신 이제 제발 사고 좀 그만치라고 부탁했다.

벌써 20년 전 일이다. 돌아보니 허탈한 웃음만 나온다. 어리석게도 젊은 날의 나는 남편의 사고와 골프를 연관지어 그 상황에서 운동을 계속하면 큰일난다고 생각했다. 항상 좋은 일 앞에 남편의 사고가 뒤따르다보니 징크스 같아서 포기부터 했던 거였다. 정말 내가 운동을 계속하면 큰일로 이어지는 줄로만 알았다.

생각할수록 아쉬운 마음이 크다. 지금이라면 어땠을까? 아마도 웬만큼 사정이 허락됐을 때 다시 운동을 했을 것이다. 지난 날을 돌아보니 나를 위한 시간보다는 가족을 위해 보낸 시간이 더 많았다. 잘하려고 했던 거였는데 이제 와 잠깐씩 허망한 기분이 든다. 그렇더라도 초급자인 내가 강좌 신청을 잘못 알고 중급자 과정을 신청하여 이수해 얻은 소중한 추억은 두고두고 나를 웃게 한다.

미니멀리즘

요즘 들어 미니멀리즘에 대한 관심도가 높아지고 있다. 불필요한 가구와 옷과 물품을 정리하면서 간소하게 생활하자는 의미이다. 생각의 여유를 갖고 살아가는 것이 '미니멀리즘'의 의도라면 나의 변화는 바람직하다고 본다. 최소한의 물건만 소유하는 미니멀리스트, 즉 최소주의자의 삶은 소유를 초월하여 편안한 삶을 영위하기 때문이다.

인생은 본시 단순한 것이다. 단순함의 편리를 모르는 사람들이 자꾸 복잡해지려고 한다. 잠시도 심심한 틈을 주지 않고 즐길거리를 찾는다. 불필요한 물건에 집착한다. 그리 되도록 세상이 복잡하게 변하기도 했다. 하지만 손에 든 것이 무겁고 많아질수록 그 손을 움직이는 건 어려워진다. 어떤 계기로 그것들을 내려놓으면 마음까지 가벼워지고 나아가 자유로워지는 걸 느낀다. 결국 나를 내려놓는 건 나를 다시 세우는 일이 된다.

　나는 삶도 생각도 단순한 것을 좋아한다. 그럼에도 소유
욕이 남달라서일까, 없어도 되는 물건들이 너무도 많다. 얼
마 전부터 비우는 연습을 하고 있는데, 버리는 습관이 몸에
배지 않아 '미니멀리즘'의 실천이 쉽지만은 않다. 가급적 좋
은 물건은 지인과 나누고 불필요한 물건들은 좀 아쉬워도 내
다버리려고 노력 중이다. 젊어서는 필요한 물건이 많아 하
나씩 장만하는 재미도 있었다. 이젠 필요 없는 물건을 하나
씩 버리니 삶이 편안해진다. 무작정 버린다기보다는 물건들
을 줄이고, 줄어든 물건의 개수만큼 쓰임새를 늘리고 다양화
시키는 방법이 진정한 미니멀리즘이라는 걸 알아서이다.

　『물건 버리기 연습』이라는 책에는 100개의 물건만 남기고
다 버리는 무소유 실천법을 소개한다. 나에게 가능한 방법
이 아니라고 나는 고개를 흔들었다. 내 속마음을 꿰뚫듯, 책
에서는 버리는 게 어렵다면 불났을 때 챙길 물건을 생각하
라고 했다. 하루에 하나씩 버리는 방법이 제일 수월했다. 정
든 물건을 버리는 일은 쉽지 않고 마음 아픈 일이나, 사랑과
추억이 묻어 있는 소품들을 과감하게 정리할 때가 되었다.

　지난해 가을, 호주에서 잠깐 다니러온 여동생이 나를 도
와 서재를 정리했다. 버려야 할 책들을 고르기도 힘들었지
만, 수많은 책들을 수거함까지 가져다 버리는 데도 시간이

많이 걸렸다. 정리가 끝났을 땐 마음이 가벼워지면서 필요한 책을 찾는 데 시간 낭비가 줄어들었다.

마침 2019년부터 시작된 인테리어 트렌드의 하나인 미니멀리즘 인테리어가 현재까지 많은 관심으로 인기를 얻고 있다. 미니멀리즘 인테리어라고 하면 대부분 공간이나 소품들을 버려 비우는 것으로 오해하는 사람이 많다. 진정한 미니멀리즘 인테리어의 의미는 물건들을 깔끔하고 질서 있게 정돈된 것에서 느낄 수 있는 인간 본연의 편안한 감정과 밀접한 관련이 있었다.

그 방법으로 빛에 따라 공간의 크기가 다르게 느껴진다는 것을 착안해 '빛 이용하기'가 있다. '자연 채광'이 중요한데, 햇볕과 같은 따뜻한 색감의 경우 아늑한 분위기를 연출해 심신을 편안하게 해준다. '공간의 색 이용하기'는 벽지와 바닥 그리고 가구의 색깔을 고려하여 개성 있게 집을 꾸민다. '필요한 제품 구분하기'는 수납함을 이용하여 카테고리별로 나누어 공간을 더욱 편리하게 활용한다.

패션에도 미니멀리즘 바람이 불었다. 단순한 실루엣으로 깔끔하고 가벼운 차림을 권장했다. 액세서리, 벨트, 스카프 등을 이용해 단순함에서 오는 허전함을 채웠다. 심플한 디자인으로 실용적인 소재와 디테일을 강조한, 넉넉한 실루엣의 오버사이즈 스타일이 유행한다.

미니멀리즘에 대한 관심으로 불필요한 가구, 옷, 물품들을 조금씩 정리하면서 나도 삶의 여유를 찾았다. 아직은 최소한의 물건만 소유하는 최소주의자로 가는 길이 멀고멀지만 천천히 줄이고 비우면서 쾌적한 삶을 누려볼까 한다. 나의 가치관과 우선순위에 따라 다양한 방식으로 심플라이프에 도전해볼 참이다.

이참에 생각도 단순해지기로 했다. 불필요한 생각으로 우울해지는 건 그만하련다. 가급적 즐거운 일을 계획하고 실천하면서 내게 유리한 쪽으로 가고 싶다. 이만큼 살아보니 그런 요령도 가능해졌다. 나를 위한 삶은 내가 계획하기에 따라 달라진다.

제6장
새로운 눈을 갖는
행복한 여행

우리들의 하루 모습은 그림처럼 영화처럼 생생하게 살아 있다. 카페 안에서의 순간순간이 행복하다. 해넘이를 즐기는 순간은 비록 짧았지만 우리들의 우정은 노을이 그렇듯, 긴 여운으로 남아 아름다운 추억을 만들었다.

「노을카페 그리고 '시월애'」 중에서

무박2일 눈꽃여행

교직에 있을 때 마음 맞는 네 명의 선생님들이 만남을 이어오다가 퇴직 후에 모임을 만들었다. 어떤 단체든 모임 이름이 있게 마련인데 우리는 학교 이름과 나름의 의미를 붙여 특징 있게 짓기로 했다. '보고파' 모임에서 모처럼 무박2일 여행을 화제로 삼았다. 저마다 관심을 갖고 있던 터라 당장 여행 날짜를 정하자고 아이들처럼 계획을 짰다.

난생처음 무박2일 기차여행인데 짓궂게도 일기예보가 도와주지 않았다. 대설주의보로 회원들의 마음이 싱숭생숭하면서 여기저기 잡음이 생겼다. 날짜를 연기하자는 쪽과 위험을 감수하더라도 진행하자는 쪽, 생명보험을 들고서라도 가야 한다는 쪽 등 의견이 분분했다. 결국 기다려온 여행이니 위험하지만 진행하는 쪽으로 결론을 내렸다.

우리는 청량리역에서 밤차를 타고 새벽 4시 30분에 정동

진역에 도착하였다. 아무도 밟지 않은 눈밭을 걸으면서 소녀처럼 환호했다. 오기를 잘했다며, 안 왔으면 어쩔 뻔했느냐며, 서로들 눈을 흩뿌리며 좋은 마음을 감추지 못했다. 국밥집에 들어가 황태해장국으로 몸을 녹이고 배도 두둑하게 채웠다. 멋진 카페에서 여유롭게 차를 마시면서 환담을 나누다가 바다열차 운행시간에 맞춰 발길을 옮겼다. 난생처음 타보는 바다열차의 좌석은 가운데 배치되어 있었고 좌석에 앉아 바깥 풍경을 감상할 수 있어서 이색적이었다.

눈 쌓인 설경은 감탄사를 계속 연발하게 했다. 환상적인 동화 속 세상에 취해서 내 마음도 저절로 정화되는 기분이었다. 눈과 마음이 온통 하얀 색으로 뒤덮여 우리는 누구랄 것도 없이 마냥 행복했다. 하얗게 눈을 뒤집어쓴 카페들이 우리를 유혹했다. 귀한 장면을 놓치고 싶지 않아 사진에 담기 바빴다. 평소에 만나보기 힘든 설경을 감상하면서 위험부담을 안고 온 보람이 이런 것이구나 하고 흐뭇했다.

바다열차 안에서 맞은 겨울바다의 숭엄한 해맞이는 오랜 세월이 흐른 지금도 그 순간의 벅찬 감동으로 생생하게 기억된다. 동그랗게 떠오르는 아침햇살이 새로운 앞날을 기원해주는 듯했다. 황금물결로 빛나는 아침을 사진작가들이 담고 있었다. 나는 멀찍이서 그들을 사진기에 담아두었다.

다음 코스는 대관령 양떼목장이 있는 곳으로 발길을 옮겼다. 산책로는 능선으로 이어져 1.2㎞ 눈길이지만 위험하지 않았다. 뽀드득 눈 밟는 소리와 함께 기분 좋은 산책이었다. 눈은 오지 않았어도 이미 쌓인 눈이 강풍으로 눈보라가 휘날릴 때마다 그 장면은 장관이었다. 영상으로만 보았을 땐 아름다웠는데 실제로는 눈보라 속을 헤쳐가기가 쉽지 않았다. 〈겨울왕국〉의 주제가 〈Let it go〉를 부르면서 코트의 후드 모자를 눌러쓰고 꿋꿋하게 행진했다. 그렇게 걷다보니 어느새 양떼목장 앞이었다.

이곳에서는 건초체험을 할 수 있고 해마다 4~6월에는 양털 깎는 걸 볼 수 있다고 한다. 바구니에 담은 건초를 구입하고 선택받은 양에게 눈맞춤하면서 먹여주었다. 순한 양처럼 행동했던 나의 젊은 날들이 스쳐갔다. 양띠인 어머니의 모습도 떠올랐다. 털옷을 입어서인가 따뜻해보였고 '순한 양'이라는 말에 맞게 그곳 양떼들은 하나같이 눈매가 순하고 다정다감해 보였다. 그곳을 찾는 수많은 사람들이 한꺼번에 건초를 주니 양들이 배탈날까 걱정되었다. 목장 관리인은 "양들도 배부르면 안 먹으니까 걱정 말라"고 했다.

대설주의보로 걱정 반 설렘 반으로 떠난 정동진 바다여행이 나에게 행운을 안겨주었다. 전날 눈이 많이 왔지만 당일은 오지 않아 바다열차를 타고 숭엄한 해맞이의 감격을 맛보았고, 겨울바다의 풍경도 파도도 확인했다. 보기 힘든 눈꽃세상 눈꽃풍경으로 겨울 서정을 만끽하였다. 겨울의 양떼 목장은 삭막할 수도 있었는데 눈이 내려 진풍경을 즐길 수 있었다. 눈보라가 휘날리는 사잇길을 걸어보는 체험은 잊을 수 없는 추억이 되었다. 마지막 코스로 카페에서 아몬드케이크와 바닐라라떼를 먹으면서 그날의 일정을 정리했다.

여행을 떠나기 전에는 모두들 '미친짓'이라고 부담을 줬지만 지금까지 그 여행은 아름답고 환상적인 특별한 여행 1순위로 남아 있다. 혹시라도 다시 그날이 온다면, 나는 기꺼이 기차에 오를 것이다.

노을카페 그리고 '시월애'

예산에 사는 대학 동창이 친구들을 초대했다. 안면도에는 이런저런 볼거리가 많다며 오래 전부터 오라고 했지만 여럿이 한꺼번에 움직이는 일이 쉽지 않았다. 더 늦기 전에 날을 잡아, 친구가 자랑하는 안면도 해넘이를 보기로 했다. 예산터미널에 도착했을 때 친구는 미리 나와 우리를 기다리고 있었다.

친구의 차를 타고 우선 그녀 집으로 갔다. 동네는 한적하고 평화로웠다. 다른 전원주택과 달리 부지런한 주인의 손길이 느껴지는 곳곳에 아기자기한 소품과 꽃들이 한창이었다. 자투리 공간마다 꽃을 심고 장식을 해놓았는데, 보는 것만으로도 마음이 편안해지며 시간을 늘려놓은 듯 모든 것이 느슨해졌다. 아치형 터널에는 방금 피어난 넝쿨장미로 소담했다. 동화 속으로 들어온 듯 우리는 소녀가 되었다. 그 사이사이에 조롱박이 등불처럼 앙증맞게 매달렸다.

집 가까이 과수원도 있었다. 사과밭에는 빨갛고 탐스러운 사과가 익어가는 중이었다. 그 옆으로 조성한 고추밭에는 때를 놓친 고추가 한가득이었다. 나는 고추까지도 꽃처럼 보였다. 둘레를 돌다가 처음 보는 꽃이 있어 신기하게 바라보는데, 친구가 목화꽃이라고 알려주었다. 목화는 처음에 하얗게 꽃을 피우다가 점점 그 색이 붉게 변하여, 질 때까지 세 번 정도 색을 달리한다고 했다. 친구의 전원생활은 낙원이 따로 없었다. 모임에서 마주할 때마다 주름진 얼굴도 검게 그을린 피부도 안타깝게 보였는데, 다 자기 좋은 일 하면서 만든 기분 좋은 나이테란 생각을 하니 그 모습이 좋아보였다.

친구는 집 베란다에 자신이 꿈꾸던 아담하고 예쁜 자신만의 카페를 만들었다. 카페 이름은 '노을카페'이다. 예쁜 공간을 만들어, 언제 어느 때든 좋은 사람들과 차 한 잔 앞에 두고 두런두런 이야기를 풀어가고 싶었단다. 노을카페 인테리어는 친구가 직접 했다는데, 안면도를 돌아다니며 발견한 희귀한 조가비들, 시골 마을의 다양한 모양의 호박들이 총동원되었다. 꽃바구니와 과일바구니도 개성을 살려 아기자기하게 꾸며놓았다. 그날은 동네 아주머니가 콩떡을 만들었다며 들렀다. 동네 인심이 좋아서 언제든 특별한 음식이 있으면 함께 나눠먹는다는데, 이런 게 정이지 않나 싶었다. 아주머니는 손님이 와 있는 걸 보고 분위기를 느꼈던지 주인이 자리를 마련해주었는데도 굳이 사양하고 떡만 놔둔 채 멋쩍게 웃으며 발길을 돌렸다. 우리들은 아주머니가 놓고 간 콩떡을 먹으며 노을카페 한편 한편에 추억 블록을 쌓아 올렸다.

잠깐 수다가 잠잠해졌을 때 친구는 집밥을 준비했다며 자리를 옮기자고 했다. 분명히 밖에 나가 식당 밥을 먹기로 했는데, 고집을 부린 것이다. 모처럼 만든 귀한 시간 절약하려고 차렸다는 친구의 핑계를 거부할 수 없었다.

멸치깻잎찜, 부추무침이 간도 맞고 정갈했다. 돼지고기와 두부를 넣어 만든 청국장은 진하면서도 짜지 않고 고급스런 맛을 냈다. 청국장이 너무 맛있다고 감탄하는 우리들에게 냉동실에 보관한 직접 만든 청국장을 가져가라며 선물로 내주었다. 그날의 메인 요리는 LA갈비구이였다. 미리 재어둔 양념이 잘 배어들어 풍미가 좋았다. 점심을 먹고 친구가 직접 농사지은 고구마와 옛날식 식혜로 후식을 즐겼다. 뚝딱 뚝딱, 순식간에 마술부리듯 하는 친구의 손놀림이 예사롭지 않았다.

느긋하게 휴식을 취한 후 안면도 바닷가로 나섰다. 달리는 자동차 창 너머로, 멀리 보이는 우뚝 솟은 바위가 인상적이었다. 모처럼 모래사장도 밟아보고, 바닷바람 맞으며 철부지 소녀처럼 뛰어도 보고, 조가비를 주워 주머니에 넣으면서 바다를 배경으로 사진을 찍었다. 친구는 보여줄 것이 많아 갈 길이 멀다며 독촉했지만, 우리는 만추의 분위기에 젖어 마냥 거닐고 또 노닐었다.

자동차로 달리는 안면도 해안도로는 하늘과 바다와 나무가 어우러져 눈과 마음을 시원하게 해주었다. 태안군과 보령시를 함께 볼 수 있는 전망 좋은 카페에서 가슴 벅찬 해넘이를 목표로 설렘과 함께 달려갔다. 자동차 속도대로 스쳐 지나가는 아름다운 펜션들이 눈길을 붙잡았다. 눈으로만 보기에 아까워 움직이는 자동차 안에서 스마트폰에 눈치껏 바삐 담아두었다.

드디어 이번 여행의 목적지인 '시월애', 그 전망카페에 도착했다. 우리는 카페 분위기에 환호하며 한껏 젖어들었다. 각자 취향대로 음료를 주문하여 친구가 시키는 대로 노을빛을 찻잔에 담아 마셨다. 사진 속 남들이 했던 걸 흉내내는 것인데도 우리가 하면 또 새로웠다. 그렇게 추억은 한풀 한풀 쌓여 소중한 앨범 속에 간직되었다.

여행 마지막 코스로 노을카페 아래편에 위치한 굴요리전문점에서 저녁식사를 했다. 영양굴밥 정식을 주문했는데 반찬 가짓수도 많고 입맛에도 맞았다. 영양굴돌솥밥은 보기만 해도 건강해지는 느낌이었다. 굴, 밤, 대추, 은행을 고명으로 얹어 눈을 즐겁게 해주는 건강식. 달래장에 비벼서 먹으라는 주인장의 설명을 들으면서 우리들은 연신 입맛을 다셨다. 간장게장, 고등어구이, 가자미찜, 샐러드, 더덕무침, 달래장, 된장찌개 등 20가지가 넘는 반찬이 보는 것만으로도 배가 불렀다. 말로만 듣던 충청도 인심처럼 푸짐한 한상차림에 눈도 입도 마음도 넉넉했다.

우리들의 하루 모습은 그림처럼 영화처럼 생생하게 살아 있다. 카페 안에서의 순간순간이 행복하다. 해넘이를 즐기는 순간은 비록 짧았지만 우리들의 우정은 노을이 그렇듯 긴 여운으로 남아 아름다운 추억을 만들었다.

친구는 자신의 고향인 안면도에 꼭 한번 놀러오라고 옛날부터 만나기만 하면 입버릇처럼 말했다. 미루고 미루다가 이제야 다녀왔다. 안면도 바닷가의 추억도, 전망대에서 지는 노을을 찻잔에 담아 그 빛내림과 함께 마시던 일도, 친구의 집밥으로 만난 우정 어린 배려도, 모두 잊을 수가 없다. 생각만으로도 특별하고 행복한 나들이였다. 이렇게 움직이면 될 것을, 친구에게 감사하면서 너무 늦게 간 것에 또 미안했다. 우리는 언제 또 만날 수 있을까….

10월이 오면 추억어린 안면도가 그리워진다. 친구는 여전히 바쁘게 보내겠지? 친구도 만날 겸 가을도 즐길 겸 '시월애'에 다시 가보고 싶다.

동백꽃처럼

오동도는 한려해상국립공원에 속해 있으며, 섬 전체에 3,000여 그루의 동백나무가 식재되어 있다. 1월부터 꽃이 피기 시작하여 3월이면 만개한다고 한다. 섬의 이름이 오동 도여서 오동나무가 많을 것 같은 오동도는 동백나무숲이 상상을 초월할 정도로 우거졌다. 세월의 흔적이 묻어나는 수많은 동백나무숲길을 걸으면서 나무 사이사이로 보이는 푸른 바다와 해안 절벽을 숨 고르며 감상했다. 보는 것만으로도 시원하고 마음이 정돈되는 듯했다.

1월 마지막 주, 아직은 꽃이 피기 전이었고 어쩌다 하나둘 꽃봉오리를 만날 수 있었다. 동백길을 걸으며 붉은 꽃봉오리를 만나면 기쁜 마음을 참지 못하고 사진기를 먼저 디밀었다. 꽃은 부끄럼 없이 있는 모습 그대로 카메라에 들어

왔다. 붉은 동백꽃이 만개한 동백터널을 자주 상상했다. 그
때가 되면 다시 오리라 다짐했다.

동백나무숲길을 걷다보니 산 끝자락에 다양한 콘셉트로
꾸민 멋진 동백꽃 포토존이 마련돼 있었다. 사계절 풍경을
한눈에 볼 수 있도록 양쪽 동백나무에 줄을 연결하여 동백
숲을 배경으로 한 사진들을 집게로 고정해 걸어놓았다. 수
만 송이 동백꽃을 그린 의자에 앉아 사진도 찍고, 난생처음
달짝지근한 동백차도 음미했다.

동백나무 숲길 산책을 끝내고 '동백해양열차'를 탄 일행은
다시 출발점으로 향했다. 열차를 타고 해변을 천천히 달릴
때의 기분은 어린아이가 된 것처럼 마냥 즐거웠다. 요금은
1,000원이었는데 65세 이상은 500원을 받았다. 저마다 '우
와 싸다' 하며 감탄사를 외쳤다. 모든 물가가 앞다퉈 오르는
데 그렇지 않은 곳도 있다니 반가웠다.

스마트폰을 열어 동백꽃 꽃말을 검색했다. 붉은 색은 '절
조와 애타는 사랑', '진실한 사랑', '겸손한 마음', '당신을 사랑
합니다' 등이고, 흰 색은 '은밀한 사랑', '깊은 약속'이라고 한
다. 나는 흰 동백의 꽃말이 마음에 들었다. 붉은 동백도 아
름답고 매혹적이지만 하얀 동백이 더 좋은 이유는 뭘까? 흰
동백이 흔하지 않아서 그럴지도 모르겠다.

언젠가 어머니는 동백꽃에 얽힌 전설을 말씀해주셨다. 울

룽도에서 한 남자가 육지로 일을 나갔는데 1년이 지나도 돌아오지 않자 그 아내가 그리움에 지쳐 병들어 죽었다는 이야기였다. 죽은 후 10일 후에 남편이 돌아와 죽은 아내를 묻어주었는데 그 자리에서 붉은 동백꽃이 피었다는 전설이다. 젊은 날에는 동백꽃 전설이 나에게 깊은 감명을 주었다. 그러나 동백꽃 사연이 있는 나는 '그리워하는 것은 내가 한 수위'라고 혼잣말을 하며 피식 웃었다.

내가 세상에 태어나서 가장 잘하는 게 있다면 그리워하는 일이다. 먼저 가신 어머니도 그립고, 남편도 그립고, 결혼해 미국으로 간 딸도 그립고, 가까이 있는 시절연인도 그립다. 어쩌면 나는 이렇게 그리워만 하다가 죽을지도 모른다.

오동도에서 만개한 동백꽃을 즐기지 못해 아쉬웠던 차에 한 달 후 거제여행팀에 끼어 또 다른 동백섬인 지심도를 찾았다. 설레는 마음을 안고 장승포항에서 동백섬호를 탔다. 지심도는 섬 모양이 마음 심心 자와 비슷하여 이름지어졌다고 한다. 지심도의 선착장에 도착하자마자 눈에 들어온 것은 범바위에 살포시 앉아 있는 인어아가씨였다. 거기 서서, 나는 용왕의 딸 인어아가씨와 호랑이의 애틋한 사랑이야기를 담은 '범바위의 전설'을 읽었다. 지심도는 다른 어촌과는 분위기가 달랐고 낚시꾼들도 어쩌다가 한두 명 눈에 들어왔다. 대체로 오염되지 않은, 자연 상태가 잘 보존되어 있는 동백섬 지심도는 주민들의 노력으로 관광명소가 되었다고 한다. 굵고 가는 동백나무 터널이 세월의 흔적과 함께 해안까지 수백 미터 이어져 있었다. 동백꽃이 절정인 2월 말에 왔건만 낙화의 흔적이 역력했다.

아쉬운 마음에 통째로 떨어진 동백꽃을 주워서 손바닥 위에 올려놓았다. 몇 컷쯤 사진을 찍고 걷다가 곰슬할배 이름표를 단 동백 거목도 만나고, 환하게 웃고 있는 매화꽃도 보고, 서로 반가워 웃음도 나누었다. 숨차게 걸어올라가 전망대에서 바라보는 탁 트인 바다는 물빛이 온통 옥색이었다. 넓은 바다를 보면서 스트레스를 날려보내니 모처럼 모든 것이 편안해졌다. 돌아오는 길에 유일한 찻집에서 유자차를 함께 마시면서 몸도 녹이고 시간을 늘리면서 정담을 나눴다.

다음 코스인 외도에서 봤던 흰 동백꽃도 잊을 수가 없다. 흰 동백은 그동안 사진이나 말로만 들었지 실제로는 처음이라 보물이라도 만난 것처럼 기뻤다. 그야말로 신비롭고 아름답고 특별했다. 그런데 수상한 것은 흰 동백에 붉은 색깔이 언뜻언뜻 보여 신경이 쓰였다. 어젯밤에 흰 동백과 붉은 동백이 바람이라도 피운 걸까? 엉뚱한 상상을 하고 있는 자신이 짓궂어 웃음이 나왔다. 토끼해를 맞이하여 떠난 겨울 여행으로 오동도, 지심도, 외도에서 동백터널과 동백꽃을 원 없이 감상했다.

꽃이 떨어진 자리가 깨끗하고 아름다운 동백꽃처럼 나도 아름다운 사람이 되고 싶다. 또 그런 사람으로 기억되고 싶었다.

나의 뿌리를 찾아서

당신은 본관이 어디입니까? 저는 나주 나 씨입니다. 우리 나라 사람이면 한번쯤 들어본 적이 있는 질문과 대답을 그곳에서 나도 했다. 대전에 위치하고 있는 '뿌리공원'은 이름 그대로 나의 뿌리를 찾아볼 수 있는 아주 특별한 효테마공원이다. 천혜의 자연을 배경으로 한 공원으로 1997년에 개장하였다. 규모는 11만 9062㎡로 224개의 문중에서 기증한 성씨 조형물로 조성되었다. 자신의 성씨 조형물을 열심히 찾아보는 것도 재미있겠다 싶어 찾은 곳이다. 조형물 자체가 예술작품처럼 모양도 크기도 다양하여 훌륭한 볼거리였다.

잔디광장을 걷다보면 '효심소원돌'을 만나게 된다. 대대로 장원급제자를 배출한 문중에서 기증했다고 한다. 돌이 들리지 않아야 소원이 이루어진다니 그런 아이러니도 없었다. 갑자기 도전해보고 싶었다.

따뜻한 문장들이 많았는데 접하면서 마음이 아렸다. "너희가 잘 사는 게 효도다", "밥은 먹고 일해라", "아픈 데는 없니?" 등, 마음을 다독여주는 문구를 읽으면서 효를 주제로 꾸민 공원임을 다시 확인하였다. 길을 따라 걷다보니 어느새 뿌리공원 끝인 방아미다리에 도착했다. 다리 위에서 뿌리공원 쪽을 바라보면 계단 위로 우리나라 지도가 그려져 있다. 지도를 보는 순간 나도 모르게 발걸음이 멈춰졌다.

나의 뿌리를 알기 위해 나주 나 씨의 유래비 등록번호 229번을 찾아 유래를 확인해 보았다. "시조는 고려 중엽 송나라에서 사신으로 오신 부富공이시다. 부공은 고려국 여황현에 정착하셨는데 여황현이 조선 태종 때 나주목이 되면서 나주 나 씨의 시조가 되었다. 부공은 고려국에서 정의대부 감문위 상장군으로 덕망을 겸비한 훌륭한 장군이셨다." 나의 조상은 고려 중엽으로 거슬러올라갔다. 나는 유래비의 작품 설명도 읽어보았다. "충효를 대대손손 이어온 가문임과 5대파 전 자손들이 숭조, 돈목, 화합을 실천하는 의미를 담아 디자인하였습니다. 그리고 나주 나 씨 전 문중의 단합이 곧 한민족의 무궁한 발전에도 이바지한다는 의미도 담고 있습니다"라고 알려주었다. "유래비는 시조의 관모冠帽를 형상화하였으며 5개의 기둥은 5파의 화합을, 기둥 날개의 학 모양은 문文을, 날카로운 형상은 무武를 표현하며 이는 나주

나 씨 문중이 문무관을 많이 배출"했음을 상징하는 거라고 했다. 설명을 읽으면서 작품을 이해하는 데 도움이 되었다.

뿌리공원 내에 위치한 '한국족보박물관'은 우리나라 유일의 족보전문박물관이다. 족보의 체계와 역사 등 전통문화와 관계된 유물을 전시하고 있었다. 5개의 상설전시실과 1개의 특별전시실로 구성되었다. 제5전시실의 주제는 '족보, 뿌리를 향한 그리움'인데, 조상에 대한 그리운 마음이 담겨 있는 족보의 효 정신과 뿌리공원의 역사를 볼 수 있었다. 우리나라에서 가장 오래되었다는 족보를 보았다. 현존하는 가장 오래된 족보는 1476년 간행한 안동 권 씨의 『성화보』였다. 처음 책으로 만든 족보는 문화 류 씨의 『영락보』로 알려졌는데 실물이 전해지지 않았다. 광개토왕릉비에 시조 주몽부터 광개토대왕에 이르는 왕실 계보가 기록되어 우리네 가계 전승의 역사는 그보다 훨씬 오래되었음을 알 수 있었다.

현실이 과거와는 달리 핵가족으로 바뀌어가고 있고, 교육의 부재로 '충효사상'이 알게 모르게 퇴보하고 있다. 자신의 본관이 어디인지 모르는 젊은세대는 족보에 대한 관심을 애당초 갖고 있지 않다. 지난 날 교직에 있을 때 인성교육에 힘썼던 순간들이 스쳐지나갔다. 인성교육에서 중요한 덕목으로 충과 효를 강조하고 실천하는 교육을 담당했었다. 그

한 예로 국경일에 국기달기 교육을 전교 방송과 함께, 학급별 종례 시간에 알렸다. 다음날 국기를 게양한 학생을 조사하면 20% 안팎이어서 실망한 적도 있다. 한번은 효실천사항의 하나로 부모님에게 '사랑해요'를 귓속말로 하고 부모님의 반응을 적어오는 숙제를 내보기도 했다. 반응 결과를 보고 실소를 금치 못했다. "너 미쳤니?", "너 어디 아프니?", "너 못먹을 것을 먹었니?" 등으로 우리가 아직도 표현을 감추고 살아간다는 걸 알았다. 현재는 자식과 부모 사이에 사랑한다는 말이 아무렇지 않게 오고가는데, 그때는 어색하고 쑥스러웠던가보다.

우리는 효를 통하여 애국애족은 물론이고, 원만한 인간관계를 형성하는 기술도 익힌다. 가족 해체로 인한 사회문제를 효를 통하여 효과적으로 해결할 수 있었다. 휴머니즘적 최고의 가치인 효를 세계적인 가치관으로 확대하여 인류를 불행으로부터 구하는 것이 잘 사는 길이라고 여겼다.

이번 가을에 '보고파(보영여중 고참 선생님모임)' 모임에서 당일치기 대전여행으로 뿌리공원, 대둔산 트레킹, 장태산 자연휴양림을 다녀온 건 잘한 일이었다. 평소에 본관은 알고 있었으나 나의 성씨의 유래와 족보에 대하여 깊게 생각해본 적이 없었다. 그런 쪽에는 아예 관심을 두지 않고 살았다. 이번 여행은 그런 차원에서 나의 뿌리를 찾아보는 특별하고 의미 있는 여행이었다.

동생과 함께한 시간

40년 전 아들 교육문제로 호주에 이민을 간 여동생이 칠순기념으로 모처럼 한국나들이를 왔다. 삼남매인 우리 형제는 결혼하고 부모님이 돌아가시자 왕래가 뜸해졌다. 그나마 여동생과 나는 거리는 멀어도 가끔이나마 만나곤 하지만 남동생은 사는 환경과 가치관이 다르다보니 이래저래 핑계를 대면서 중요한 날에나 한번씩 얼굴을 보곤 한다. 남부끄러워 쉬쉬했는데, 요즘은 다른 집들도 거의 그렇다면서 그런 일은 흉도 아니라고 가깝게 지내는 이가 알려주었다.

동생은 시차 적응을 잘하는 편이었다. 그렇더라도 다음날은 집에서 짐 정리도 하고 쉬기로 했는데 아침부터 외출 준비를 서둘렀다. 어느 곳을 먼저 구경시킬까 궁리하다가 집에서 가까운 나리공원부터 가기로 했다. 경기도 양주에 위치한 나리공원은 천일홍축제로 유명한 곳이다. 수를 셀 수 없는 다양한 꽃들로 테마를 달리하여 배치한 공원 내 꽃밭은 올해도 보는 이들의 즐거움을 더해주었다.

특별한 일이 없는 한 해마다 찾는 편인데, 1년 전에 왔을 때보다 훨씬 조성이 잘 돼 있었다. 사람의 키를 훌쩍 넘는 칸나와 각양각색의 천일홍, 바람에 하늘거리는 핑크뮬리 등 공원을 가득 채운 식물들이 발길을 붙들었다. 한눈에 다 담을 수 없어 카메라 셔터를 연신 누를 수밖에 없었다. 이국의 풍경에 익숙한 동생도 감탄사를 연발하며 나를 따라 사진 찍기에 바빴다. 둘 다 이순을 훨씬 넘긴 나이인데도 꽃들 앞에서는 그저 해맑은 소녀에 불과했다.

4년 만에 만난 동생과 나는 작정한 듯 다음 여행 일정을 잡았다. 처음에는 가까운 일본이나 필리핀 등을 계획했으나 이왕 나온 김에 건강검진도 하고 중요한 일들도 챙겨야 했기에 국내여행으로 계획을 바꾸었다. 꽃을 좋아하는 자매는 휴대폰으로 가까운 꽃축제장을 검색해보았다. 이웃해 있는 일산에 마침 꽃축제가 열리고 있었다. 교통은 다소 불편했으나 지하철 연결이 잘 되어 있어 거리 상관없이 집을 나섰다. 일산호수공원은 언제 찾아가도 새로운 곳이다. 산책 삼아 한 바퀴 걷기에 그만이며 계절별로 다양한 꽃들을 만날 수 있었다. 좀 더 일찍 찾았더라면 장미축제를 겸해 제대로 꽃들을 감상할 수 있었을 텐데, 그것이 좀 아쉬웠다. 한

창은 아니어도 뒤늦은 꽃들이 방문객을 맞아 방실대고 있었다. 동생과 나는 나란히 공원을 산책했다. 공기도 맑고 기분도 상쾌했다.

일정을 마치고 사진을 정리하는데 자주 연락하는 제자한테서 전화가 왔다. 외출했던 이야기를 주고받다가 가까운 철원에도 꽃밭이 있다는 걸 알았다. 제자는 본인의 자동차로 안내하겠다며 선뜻 하루를 내주었다. 기대도 하지 않은 뜻밖의 선물에 동생도 나도 고마운 마음을 감추지 못했다. 다음날 우리 자매의 기분을 아는지 모르는지 제자는 그저 신이 나 자동차 액셀러레이터를 힘껏 밟았다.

제자가 소개한 대로 철원의 고석정 꽃밭은 기대 이상의 꽃천국이었다. 누군가는 꽃밭이 거기서 거기지 뭐 특별하겠느냐 할지 모르지만, 꽃을 좋아하는 우리 자매는 많은 꽃밭을 보여줘도 각기 다르다고 말할 수 있다. 너른 들판에 풍차를 배경으로 한 보랏빛 버베나꽃 물결은 눈을 감아도 잊을 수 없는 풍광이었다. 댑싸리군락은 또 어땠나. 낭만이 묻어나는 곳곳에서 석양의 분위기를 느끼고 싶은 충동을 애써 누르며 제자가 찍어주는 사진에 동생과 함께 표정을 한껏 담아 보았다. 바람의 움직임대로 흔들리는 가우라의 자유로움은 언제 보아도 시원스러웠다. 그의 여백은 넉넉함이고 너그러움이다. 가늘고 여린 모습에서 강인함도 느껴지는데,

그 끌림에 한동안 발이 묶여 시간을 보내야 했다.

그 외 코스모스길과 장미군락을 감상하면서 반나절을 꽃에 젖어 보냈다. 도무지 나는 해준 것도 없는데 스승이라고 때마다 챙기고 생각날 때마다 찾아와 이렇듯 추억을 선물하는 제자가 있어 동생과의 추억을 아름답게 갈무리하게 되었다. 사람꽃이 그 어느 꽃보다 아름답고 향긋하다는 말을 들었는데, 그런 말을 참 잘도 만든다 싶었다. 적소에 나 같은 사람이 써먹으니 말이다.

동생도 꽃을 좋아하는 줄은 알았지만 나처럼 유별나게 좋아하는 줄은 이번에 알았다. 넌지시 물어보길 잘했다는 생각이 든 것은 고석정을 다녀와서, 여수와 목포를 거쳐 순천만세계정원까지 둘러보는 건 어떠냐고 물었을 때였다. 피곤하니 쉬자고 할 줄 알았는데 흔쾌히 대답하는 거였다. 나도 나지만 70 넘은 동생이, 그것도 무릎관절이 안 좋다며 병원에 다니며 주사를 맞았던 그녀가 2박3일 꽃구경을 가자고할 때 기뻐하는 모습이 놀라웠다. 내친김에 우리는 바로 여행 가방을 쌌다.

첫 여행은 목포해상케이블카를 타고 하늘의 시선으로 바다 풍경을 맘껏 감상하는 거였다. 갓바위가 있는 해변에서 바람이 많아 모자가 날아갈까 위태롭긴 했으나, 웃음이 많은 자매는 서로 얼굴 마주보며 모자 챙기기에 바빴다. 신안군의 퍼플섬은 온통 보랏빛으로 아스타꽃이 한창이었다. 눈에 보이는 것은 하나같이 보라색으로 칠해져 있는 그야말로 보라섬이었다. 순천만의 광활한 갈대숲 습지도 인상적이었고 갈바람 소리 들으며 걷는 길도 낭만적이었다. 끈질긴 생명력과 특유의 강인함으로 그 길을 걷는 이들에게 세상을 향해 다시 일어서라고 말하는 것 같았다. 나도 모르게 동생의 손을 꼭 잡아주었다. 어려서는 몰랐는데 나이들면서 왜 자꾸 동생이 좋아지는지 나도 모를 일이었다. 그저 자꾸만 마음이 가고 신경이 쓰이는 것이, "언니는 꼭 엄마 같아"라고 한 말이 아니어도 정말 내가 엄마 같은 마음으로 동생을 보는 건가? 하는 생각이 들 정도였다.

순천만세계정원에서 오랜 기다림 끝에 순환열차를 타고 지나가는 멋진 가을풍경을 감상했다. 가나다라건축물, 꿈의 다리, 꽃으로 장식한 화사한 풍차, 가을꽃들의 아름다운 정원들, 아치형의 고전미가 넘치는 건축물, 끝없이 이어진 코스모스 가로수를 천천히 감상하면서 가을의 서정을 만끽하였다. 우리 자매는 말이 없어도 대화가 길어도 서로의 손을 잡고 마주 보기도 하면서 같이 걸었다.

마지막 코스로 여수의 고소동 벽화마을을 걸으며 이순신 장군의 이야기를 그림으로 읽었다. 그의 정신과 어록은 마음을 숙연하게 했다. 천사벽화마을 정상에서 바라보는 돌산 대교와 거북선대교가 한눈에 들어왔다. 막혔던 가슴이 뚫리는 듯 시원한 기분을 경험했다.

칠순기념여행을 겸해 언니인 나를 찾아온 동생. 길 것 같았던 시간이 삽시간에 지나가버렸다. 동생과 함께한 그동안의 사진들을 챙겨 보았다. 돌아갈 짐을 정리하면서 동생은 자주 손길을 멈췄다. 짐 가방에 시선을 둔 채로 "언니, 고마워"라고 들릴 듯 말 듯한 말을 했다. 특별히 해준 것도 없었는데 그렇게 말하니 고마우면서도 미안했다. 그리고 뿌듯했다. 나는 동생의 등을 토닥여주었다. 앞으로 남은 시간들, 이번에 걸은 꽃길처럼 화사하게 걷자고 말하려는데 동생이 나를 보며 씨익 웃었다. 나는 그때 처음으로 말이 필요 없는 순간도 있구나 하는 걸 처음 알았다.

정월 대보름

도봉구에서 주최하는 2024년 정월 대보름 민속놀이 한마당에 친구와 함께 참여했다. TV 화면으로만 봤던 전통문화 민속놀이를 가까이에서 체험한다 생각하니 어린아이처럼 설렜다. 구민들을 위해 해마다 열렸다고 하던데 어쩐 일로 올해에 관심이 갔는지 모른다. 많은 전통놀이 중에서 나는 2인1조로 운영되는 윷놀이대회에 서둘러 신청했다. 조이름이 필요했다. 친구와 나 두 사람의 성을 따서 '나이스'라고 지었다.

당일 행사장에 도착하여 둘러보니 직원도 참가자도 모두들 분주했다. 나의 시선을 붙든 건 '윷점'을 보는 곳이었다. 벽 현수막에는 윷점을 보는 방법이 세세하게 설명되어 있었다. 가까이 다가가 자세히 읽었다. 윷을 던져 한해의 운수나 풍흉을 점치는 놀이였다. 갑자기 호기심이 발동했다. 앞에

놓인 커다란 윷을 가져다 좋은 기운을 모아 던져보았다. 세 번 반복하여 나온 결과는 '나비가 꽃을 얻는다'였다. 꿈보다 해몽이라고, 나도 모르게 웃음이 나왔다. 의미를 따지기 전에 친숙한 단어가 나비였기 때문이다.

하필 내가 좋아하는 나비라니. 한해 운수가 좋은 쪽으로 기울 거라는 은근한 기대와 함께 지난해 지쳤던 마음을 나비가 일으켜줄 거라는 생각도 덩달아 들어 기분이 되살아났다.

행사장을 다시 한번 둘러보니 많은 선물이 기다리고 있었다. '입춘대길'을 기원하는 붓글씨를 써주었고, 멋진 문양이 새겨진 팽이와 호두와 땅콩이 들어 있는 예쁜 복주머니도 얻었다. 또 떡판에 떡메로 직접 치댄 인절미를 나눠주는 곳에 줄이 길게 늘어 서 있었다. 나도 기다렸다가 컵에 담긴 인절미를 맛보았다.

12시에 식사가 준비되어 있는 곳으로 발길을 옮겼다. 둥그런 접시에 오곡찰밥과 나물 다섯 가지를 담고 배추전, 우거지된장국과 함께 한상이 차려졌다. 낯선 자리였지만 친구와 어울리다보니 쑥스러움도 사라졌다. 무엇보다도 내가 사는 도봉구에서 구민의 건강과 행복을 기원하기 위해 이런 자리를 마련했다고 생각하니 고마웠다. 맥주, 막걸리, 소주로 우리 도봉구의 도약과 발전, 도봉구민의 건강과 행복을 위하여 건배하며 낯익은 얼굴과도 눈인사 나누는 시간도 있었다.

식사가 끝나고 윷놀이대회장으로 가 대진표를 확인했다. 대회 운영자가 진행과정을 설명한 후 윷놀이대회는 시작되었다. 우리 상대팀은 초등학교 5학년 남자아이와 어머니였다. 아들이 윷놀이대회에서 대상을 받았다고 자랑하는 어머니 얼굴에 화색이 돌았다. 나는 아이의 해맑은 얼굴과 윷점을 떠올리며 절대 기죽지 않았다. 집이 아닌 특설장소에서 대형 윷으로 하는 대회는 난생처음이었다.

많은 사람들이 지켜보는 자리라 분위기는 한층 고조되었다. 나는 윷점의 나비를 떠올리며 기대감으로 부풀었다. 그런데 대회가 시작되면서 놀라운 일들이 눈앞에서 펼쳐졌다. 상대 남자아이의 실력은 상상을 초월했다. 책상다리를 하고 앉아 많이 해본 솜씨로 윷을 던졌다. 던지는 폼이 안정되고 여유로웠다. 모 아니면 윷으로 연속 던지면서 입가에는 잔잔한 미소가 흘렀다.

웃지 못할 해프닝도 있었다. 어머니가 던져야 할 순서에 아들이 던지는 바람에 나는 게임을 중단시켰고 윷은 어머니에게로 옮겨졌다. 순서를 바꾼 것을 보면 승부욕이 대단한 팀이었다. 우리는 탈락 위기를 느끼면서도 열심히 던져 좋은 기회를 맞았다. 모처럼만에 모가 두 번 나와 말을 놓고 긴장 모드로 들어갔다. 상대가 모와 개가 나오면 안 되는 상황에 남자아이는 모와 개로 잡아먹었다. 게임은 끝났고 우리 팀이 졌다. 축하한다는 말을 건네며 허탈한 감정을 애써 달랬다. 운이 안 좋은 건지, 강적을 만난 건지 하며 친구와 얼굴을 마주하며 웃었다. 우린 운은 좋았는데 강적을 만난 거였다고 호탕하게 또 웃었다.

윷점은 좋았다. 하지만 윷놀이대회는 초장에 패배했다. 초장에 이기면 우리 조는 곧바로 결선행이었는데, 끝내 아쉬웠다. 그럼에도 윷점과 윷놀이대회를 연관지어 생각하지 않기로 마음먹었다. 민속놀이 한마당에 참여했다는 것에 의미를 두기로 했다.

둘러보면 주변에 할 수 있는 일들이 많은데 우리는 모르고 지나치곤 한다. 내가 사는 동네에도 주민을 위한 행사가 이리도 많은데 그걸 몰랐다. 더 나은 행사를 위해 계획하고 준비하고 보완하면서 의미있는 행사를 마련하는 이들에게 새삼 고마운 마음이 드는 하루였다. 모처럼 웃었고, 오랜만에 옛날로 돌아가 어릴 적 즐겼던 놀이도 해보았다. 혼자만 먹던 식사가 아닌, 여럿이 어울려 한상 가득 차려놓은 좋은 음식으로 배부르게 먹고 즐긴 게 얼마만인가.

친구와 헤어져 집으로 돌아오는 길, 둥그런 달이 우리 집 현관까지 나를 배웅해주었다.

환유로서의 그리움
― 나선자의 수필세계

김지헌/ 수필가, 소설가, 문학평론가

1. 문학적 정조, 사랑과 그리움

수필 쓰기란 작가의 내면에 웅크리고 있는, 말하고자 하는 욕망의 실현이다. 따라서 어떤 작가의 수필집 한 권에는 그가 품고 있는 사유와 논리, 정서와 감정으로 표현된 인생관이 함의되어 있다. 다만 작가의 욕망 색깔이나 강도에 따라 우선순위가 정해지고, 문학적 형상화의 과정도 차별화되긴 하겠다. 소재와 주제의 강렬함이 영향을 미치겠으나 그보다는 작가의 사상이나 정서에 따라 작품 전반의 무드mood가 정해진다. 환원하면 문학작품의 무드가 결정되는 제일 중요한 요인은 작가의 감성, 감정의 표현에 의해서다. 감정은 감각작용을 통해 표현되기에 서사는 물론 묘사와 서술을 통해서도 드러나 숨기려 해도 드러날 수밖에 없다.

특히 첫 작품집의 경우 이러한 룰 아닌 룰이 적용되기 십상이다. 처음이라는 말의 의미가 그렇듯, 첫 작품집엔 작가의 정서와 문학적 정조가 더 자연스럽게 드러나기 때문이다. 작가는 감추려 했겠으나 마치 술래의 눈에 띄는 숨은 자의 그림자처럼 발견된다. 그것은 작가의 노력이나 의지의 산물이 아니라 자연스레 흘러든 정서이기 때문이다. 숨기려 할수록 더 내보이게 되는 사랑처럼, 삶과 문학에서 자연스러움(본능)이 의지를 초월할 때가 종종 있듯이. 하여튼 작가의 말을 듣는 대상이 누구든 하고 싶은 말을 다 해야 그의 관심의 영역도 다른 세계로 옮겨갈 수 있을 것이기에 오히려 바람직한 현상이라 해도 무방하다.

수필가 나선자의 첫 수필집 『마음의 온도가 궁금해』를 통해 본 그는 생래적으로 타고난 감성의 소유자다. 풍부한 감성을 가진 이는 본능적으로 자기를 운용할 줄 알기에 윤기 있는 일상을 누릴 수 있고, 자신은 물론 타인과의 관계에서 소통하고 공감하는 능력이 장착되어 있다. 그래서인지 그의 작품 전반에는 '사랑'과 '그리움'이라는 문학적 정조가 드리워져 있다. 그러한 감성은 각박해져가는 현실에서 삶을 여유롭고 아름답게 이끌 수 있는 에너지가 된다.

"한 생을 살아오는 동안 내가 붙들고 온 중요한 테마는 사랑이었지 싶다. 나는 사랑에 열중했고, 사랑하려고 노력했다. 인간에게 사랑만큼 소중하고 고귀한 것은 없다고 본다. 사랑하는 나의 딸 럿셀, 눈에 넣어도 아프지 않은 소중한 나의 아가들 율과 람, 그립고 그리운 나의 별들이 생각나는 밤이다." 「작가의 말」에서 밝힌 바처럼 그의 글에는 그리움과 사랑이 전경화되어 있다. 실제 수필 「동백꽃처럼」에서는 어머니에게서 동백꽃의 전설을 듣고(남편에 대한 그리움으로 지쳐 죽은 아내의 사연) "그리워하는 것은 내가 한 수 위라고 혼잣말하며 피식" 웃기도 하고, 작품 속에서 작가 스스로 그리워만 하다가 죽을지도 모른다는 고백도 한다.

나선자는 미국에 사는 딸 럿셀과 손주들뿐만 아니라 부재하는 남편과 오래 전에 만났던 사람과 제자들도 그리워한다. 존재가 누군가를, 무엇인가를 그리워한다는 것은, 그 대상을 사랑하는 것이고, 최소한 사랑에 대한 좋은 기억을 지금 떠올린다는 뜻이다. 사랑과 그리움이라는 감정은 짝패로 붙어 다닌다. 따라서 대상이 누구든 사랑은 그리움을 만들어가고 기다림을 낳는다. 때로는 그 대상이 돌아오지 않을거라 알면서도 그리움은 기다리게 한다. 그리움을 품은 사람은 가장 따스하고 넉넉하며, 아름답고 행복한 꿈을 꾼다. 사랑의 힘이다. 따라서 그리워하고 기다리는 그 정서가 사람을 사람답게 해준다. 따스한 가슴을 가지는 것, 타인을 향한 그리움을 간직하는 것, 인간으로서 누리는 얼마나 소중한 경험인가.

나선자의 사랑과 그리움이 우리에게 의미 있는 메시지를 던지는 것은, 현대의 인간은 누군가를 그리워하고 기다리는 마음을 상실해가고 있기 때문이다. 현실적 삶의 조건이 그렇듯, 소중한 사람과 헤어지거나 잃어도 충분히 슬퍼할 틈도 없이 다른 대상이나 관심거리로 마음이 이동한다. 사람이 사람다울 때는 사랑하고 그리워하며, 슬퍼하는 마음을 가질 때다. 인간의 본원적인 감정들을 그야말로 자연스럽게 표현하고 교감할 때 삶의 진실을 드러내고 진정 살아 있음을 경험하는 것이다. 현대인들은 그걸 알면서도 효율성을 강조하는 시대적 흐름에 매몰되어 사랑과 그리움으로 대변되는 감정들을 뒷전으로 물리친다. 이토록 각박한 시절의 한복판을 건너는 현실에서 나선자의 서정은 더욱 아름답게 빛을 발한다. 이를테면 34년의 교직 생활을 마친 후, 제자들을 만나 정을 나누고, 지난 시간을 그리워하는 수필들에서도 그러한 내용이 드러난다.

2. 환유로서의 그리움

무릇 수필 쓰기란 일상의 시공간에서 작가의 시선이 머무른 사건이나 대상을 포착하여 의미화하는 작업을 말한다.

이때 작가는 거의 무채색에 가까운 일상의 경험일지라도 자기만의 고유한 색을 입혀 새로운 세계를 창조한다. 일상에 색을 입히는 작업은 아무래도 이성이나 의지보다는 감각적 작용을 활용할 때 감동적인 글이 된다.

　나선자 또한 그만의 고유한 서정과 사유를 통해 그만의 색깔로 글을 완성하는데, 위에서 언급한 그리움에 대한 실체를 찾아가 보는 것은『마음의 온도가 궁금해』의 심급을 아는 일이기도 하다. 수필「의자」에서는 지금 여기에서 행해지는 과거에 대한 정서적 환기는 아프지만 그리움을 동반한다. 오랜 시간 같이 지내온 의자들이 어느 때 문득 새로운 의미로 다가온다는 것은 작가에게는 그럴 만한 이유가 내포되어 있을 터이다. 즉 의자 수가 식구 수보다 많다는 것을 의식한다는 것은 누군가 같이 있어야 할 존재가 부재한다는 것과 무관하지 않고, 의자를 쓰다듬고 자리를 잘 잡아주는 등의 행위는 그것에 앉아 있어야 마땅한 부재의 누군가가 새삼 그립거나 소중한 느낌이 들어서이다.

　언제부터였나, 우리 집 의자들에게 눈이 자주 간다.
　있는 듯 없는 듯 살아왔는데. 지나가면서 가끔 손으로
　쓰다듬어 보기도 하고 자리를 다시 잡아주기도 하면서
　존재를 확인한다. 화장대 의자와 식탁 의자, 거실 의자

와 서재 의자 등 각기 다른 모양과 기능의 것들이 식구
수보다 많다는 것을 그러면서 알게 되었다.

—「의자」중에서

　작가의 집에는 각각의 쓰임이 있는 의자가 많다. 거울을
들여다보며 자신을 점검하는 화장대 의자, 식탁 의자, 거실
의자, 서재 의자, 발코니 의자 등. 화장대 의자는 거울을 보
며 외모를 가꾸고, 내면을 점검하는 역할을 했을 터이고, 발
코니 의자는 화초를 돌보다 지치면 쉬는 의자이고, 식탁 의
자는 독서를 하거나 습작할 때 사용하는 의자다. 심지어 거
실 의자는 결혼할 때 친정어머니가 사준 50년지기다. 그 정
도의 시간을 함께 흘러왔다면 분신처럼 느껴질 만하다. 용
도가 다른 각각의 의자들이라 하지만 그것은 어느 때, 즉 가
족이 모여 살 때의 따스하고 행복했던 추억을 간직한 의자
들이다. 인생사에서 빠질 수 없는 고통과 괴로움도 포함된
가족들과의 삶이 새겨진, 가족과 다를 바 없는 의자들이다.
　작가는 발코니 의자에 앉아 풍경을 보다 수레를 끄는 노
부부에게 시선이 간다. "수레를 끌고 가는 노부부의 걸음걸
이는 느리고 무겁다"는 표현은 의미심장하다. 그들이 밀고
가는 수레에 얹힌 삶의 무게가 어떨지 그는 알았을 터이다.
나선자 역시 인간의 보편적 생에 담긴 무게와 고뇌를 알 만

큼의 시간을 살았기 때문이다. 그래서 "저들이 지금보다 나은 내일을 맞았으면" 하고 바란다. 무엇보다 중요한 지점은, 비록 무거운 수레를 끄는 노부부이지만 그들의 일상을 보면서 그의 시선은 자신에게로 돌아온다는 점이다.

라캉은 인간의 무의식은 언어처럼 구조화되어 있다는 말을 통해서 주체가 지닌 비유적 속성을 설명하고, 인간의 분열된 주체는 은유와 환유로 구성되어 있다고 말한다. "인간의 정신과 인간의 욕망도 무의식과 언어처럼 은유와 환유의 구조로 되어 있다"고 보는 것이다. 「의자」에서 나선자가 "수레 가득 정리한 상자를 싣고는 앞에서 끌고 뒤에서 밀어주며 서로의 힘을 나눠 걸어간다. 부부란 저런 것이구나, 하는 생각과 함께 나도 모를 쓸쓸함이 밀려왔다"고 하는 것은, 일상이 좀 남루하고 현실이 힘들지라도 함께 나누며 의지할 상대가 있는 것을 의미하여 화자의 결핍 의식이 투영되었다고 하겠다. 즉 혼자 있음, 외로움이라는 자기의 무의식을 환유적으로 표현한 것이다.

의자가 없는 삶을 생각하고 싶지 않다. 쉼도, 공부도, 사교도 없는 삶을 원하지 않는 것처럼. 가뜩이나 좋은 사람 만나기 어려운 세상, 나의 외로움을 달래주는 친구 같은 의자는 나에게 기다림의 상징이 된 지 오래다.

누구든 우리 집으로 와 편안히 쉬었다 가길 원한다. 식
구들이 하나둘 집을 떠났지만 굳이 의자를 치우지 않은
이유이다.

—「의자」 중에서

작가가 처음부터 집에 있는 의자들에 관심을 가진 것은
아니었다. 정확한 시기는 가늠할 수 없으나 그가 의식하지
못하는 사이 손으로 쓰다듬기도 하고 자리를 옮겨 다시 위
치를 잡아주기도 한다. 그것은 사물인 의자들을 살아 움직
이는 존재로 보는 것이다. 마치 사람이나 어떤 존재를 대하
듯 말이다. 그렇다면 의자가 인간 존재로 상징화되는 것은
왜일까. 작가와 잘 어우러지는, 좋은 사람 만나기 어려운 세
상에서 "나의 외로움을 달래주는 친구 같은 의자는 나에게
기다림의 상징이 된 지 오래"였던 것이다. 저 기다림의 대상
은 누구일까.

식탁 의자엔 가족이 모여 밥을 먹던 행복한 기억이 새겨
있고, 서재 의자엔 남편이 '버트런드 러셀'의 철학을 읽던 평
화로운 모습이 담겨 있으며, 화장대 의자엔 젊은 날의 나선
자가 있다. 행복했던 과거의 그들은 지금, 그의 곁에 있지
않다. 남편은 죽음으로 인해 항구적 부재 상태에 있으나, 딸
'럿셀'은 언젠가 엄마와 함께할 수도 있다. 같이 살지 못한다

해도 가끔은 만나 현존재로서의 존재감을 느낄 수 있다. 그보다 더 작가가 아무도 앉지 않는 의자들과 함께 사는 것은 "누구든 우리 집에 와 편안히 쉬었다 가길 원"해서다. 누구든 오길 원하지만 정작 그가 바라는 것은 누가 오든 안 오든 자신이 사랑하던 사람들에 대한 그리움이다. 의자는 나선자에게 '기다림의 상징'이기 때문이다. 기다림은 그리움이고, 그리움은 사랑에서 연원한다. 실제 같은 공간에 있지 않은, 즉 부재 하는 딸과 남편을 기다림은 그리움의 환유로써 표현된 것이다.

수필 「의자」는 결국 가족에 대한 사랑과 그리움이 낳은 작가의 기다림을 대상화한다. 누구든 와서 편히 쉬었다 가라는 것은 현실 의식이고, 작가의 깊은 내면에선 사랑과 그리움, 외로움과 기다림이 있다. 하여 나선자에게 빈 의자들은 부재하는 가족을 대신하여 존재가 되어준다. '존재와 부재의 미학'을 담지하고 있는 수필이다.

또 다른 해석을 허한다면 부재하는 가족을 위한 의자들에 앉을 상대는 나선자가 사랑하고 좋아하는 타인들일 수 있다. 대상이 누구든 저 빈 의자들은 그가 그리워하며 기다리는 사람들이 앉을 자리일 것이다. 작가가 이러한 자신의 심리를 투영한 부분은 작품 곳곳에서 등장한다. 「출산의 기억」에서 딸 럿셀이 외롭지 않게 아이를 더 낳을 걸 하는 아쉬움이나, 「보고 싶은 럿셀에게」에서 "친지들이 멀리 있고 갈수록 만날 사람이 사라지는데 내가 하필 달랑 너 하나만 낳고 말았는지. 이럴 때는 쓸데없는 외로움도 밀려든단다"와 "너도 그립고 우리 아이들도 그립구나"가 작가의 마음을 보여주고 있다.

「그날이 오면」의 화자는 그의 생일이 오면 혼자 남산공원으로 간다. 40여 년 전에 만났던 "그를 향한 그리움을 꾹꾹 누르며" 사랑의 계단을 오르기도 하고, 그와 같이 먹었던 '옛날 돈까스'를 먹기도 한다. 여우가 '어린 왕자'에게 했던 말, "네가 4시에 온다면 난 3시부터 행복할 텐데…"로 작가는 자신의 심경을 드러낸다. '그'가 누구인지 끝내 밝혀지지 않지만, 나선자가 오랜 시간 사랑하고 그리워한 존재임에 틀림없다. 이 작품의 연장선에 있는 것으로 보이는 「바보 같은 사랑」에서 그는 "그리움은 그 사람이 아니라면 채울 수 없을 것 같"다고 말한다. 어쩌면 나선자의 저 애절한 그리움은 평생 간직될지도 모른다. 주체와 하나가 될 "나는 당신이 아프다"고 할 만큼의 대상을 찾지 못한다면 그 자리는 외로움이라는 텅 빈 공허로 남을 것이기 때문이다.

라캉이 이미 "외로움이라는 인접성의 관계에 있는 그리움은 환유적 욕망의 기제"라 하지 않았던가. 주체인 화자는 타자(대상)의 욕망을 욕망하기 때문에 이 욕망은 충족되지 않는다. 따라서 이 글에서의 화자는 본질적인 욕망은 숨겨두고, 마치 태양 주위를 도는 행성처럼 실제 자신의 욕망을 선회하게 될 것이다. 따라서 그의 그리움은 현상적으로 지속될 수밖에 없다.

현상적 삶을 사는 화자(인간)는 그리움을 품고 산다. 그에게 사연이 어찌되었든 어떤 존재의 가슴에 그리움 하나 담고 사는 일, 때론 외롭고 쓸쓸할지라도 아름답고 행복한 일이겠다. 사랑을 쉽게 만나고 쉽게 헤어지고 쉽게 잊는 현실에서 그런 사랑을 품을 수 있는 진득한, 진정한 가슴이 정녕 그립다. 대상이 누구든 기다림은 새로운 시간과 공간, 즉 새로운 세계를 사유하고 창조해가는 과정이기도 하다. 그런 의미에서 나선자의 문학은 부재하는 대상에 대한 그리움에서 출발하고 성숙해가는 중이라 해도 과언은 아닐 것이다.

3. 주체와 타자의 '마주침'

데카르트로부터 시작된 전통적 개념의 주체에 대한 논의에서 타자는 주체의 사유 바깥에 위치하였다. 그러나 후기 구조주의(해체주의)에서 언급되는 주체는 하버마스의 공론장과 같은 소통의 합리성, 헤겔주의적 변증법을 통해 그 인식적 변화가 일어난다. 실제 우리 삶을 생각해봐도 타자 없는 주체란 존재할 수 있을까 하는 의문이 들기도 한다. 주체에 대응하는 실체적 존재로서, 그리고 주체에 내재된 타자의 역할을 생각하면 철학이 삶과 유리된 내용은 아니라고 본다. 삶과 철학과의 관계처럼, 문학 또한 삶을 반영하고, 삶은 문학을 반영하며 서로 길항작용을 하고 있다. 이런 점을 토대로 나선자 수필 「사연이 많은 옷탐」의 독법을 통해 그에게 한 걸음 다가가본다.

　　당시 학생들은 별에별 것들로 순위를 먹였다. 선생들까지 그들의 관심 대상이어서 웃지못할 일들이 벌어지곤 했다. 외모는 기본이고 학생을 가르치는 실력과 패션까지 범위가 다양했다. 나는 학생들에게 패션 감각이 남다른 선생으로 알려져 거의 1등을 놓치지 않았다. 그게 뭐라고, 표시는 안 냈지만 기분이 또 좋았다. 내가 새로운 옷을 입고 출근하거나 디자인이 특이한 옷을 입을 때면 학생들은 단박에 알아보고 반응을 보였다. 그땐 젊은 시절이었다. 그래서 그런 심리가 작용했던가보다. 감수성이 예민한 여학생들이라 선생님들의 머리 모양이나 옷 등 새로운 모습에 민감하게 반응하면서 수업 분위기가 화기애애했기에 나는 이런 점을 순기능으로 이용했다.

　　　　　　　　　　　　　　　　　　　－「사연이 많은 옷탐」 중에서

작가의 언급처럼 여학교에서 근무한 그에게 패션 감각은 학생들이 선생님의 인기 순위를 결정하는 데 영향을 미쳤을 것이다. 바람 한 자락만 스쳐도 감성이 작동하는 여학생들이니 시각적으로 보이는 패션이나 외모는 선생님에 대한 호감도를 높여 수업과 연관될 수도 있겠다. 철학자 레비나스가 말하는 타인은 주객 분리 이전의 주체가 겪는 순수한 '마주침'에 가깝다. 이 마주침의 사건은, 주체인 작가가 타인인 학생들을 만나는 사건이며, 학생들이 작가에게 말을 걸어 호명하는 사건이다. 나를 보는 학생들의 얼굴(타인의 얼굴)은 그 자체로 작가를 부른다. 작가가 학생을 만나는 것이 아니라 학생들이 작가에게 어떤 타자성으로 부딪쳐 오는 것이다.

작가는 솔직하게 말한다. 지금 생각하면 '그게 뭐라고' 하겠지만 젊은 날의 그때는 학생들에게 인정받는 열정적인 선생님이고자 했다는 고백. 작가가 선생님으로 학생들 앞에 설 때, 자기 인식으로서 주체인 그는 학생들의 시선과 관심 속에서 존재성이 발현한다. 그렇다면 그의 패션은 '그게 뭐라고'가 아니라 학생들과의 만남을 주도하는 사건이며, 나아가 자신의 주체성을 강화하는 매개체가 되는 셈이다. 옷을 통해 기존의 패션 감각에 대한 인식의 전환을 가져오는 수필이다.

그의 수필들을 통해 느끼는 바와 같이, 작가에게는 감각적 능력이 생래적으로 내재되어 있기도 하지만 그런 감각을 일상에서 누리면서 숙련된 것도 있어 보인다. 그가 옷에 대한 자기 주관을 굳히는 데 일조했을 것 같은 생각을 좀 더 구체적으로 들어본다.

> 그는 "나는 그 배역에 대해 전혀 감을 잡지 못했다. 그러나 내가 옷을 입는 순간, 의상과 분장은 마치 내가 그 인물이 된 것처럼 느끼게 해주었다. 나는 그 인물을 알아가기 시작했고, 무대에 올라서는 순간 내 안의 그는 완전한 인물로 태어났다"는 명언을 남겼다. 그의 말대로 패션이 단순한 옷의 문제만은 아니라는 사실을 나도 이해할 수 있었다. 내가 어떤 옷을 입느냐에 따라 내가 서 있는 자리, 나를 바라보는 학생들의 자세는 분명히 달라 보였다. 나에게 맞는 옷은 그만큼 중요했다.
>
> ─「사연이 많은 옷탐」 중에서

겹따옴표 안의 찰리 채플린의 말에서 작가는 옷에 대한 철학을 확신한다. 희극배우 채플린은 자기가 연기할 인물에 대해 감을 잡지 못한 상태에서도 배역의 옷을 입는 순간, 완전한 그 인물이 된단다. 옷이 주체인 채플린을 타자인 배역 인물로 탄생시키는 것이다. 들뢰즈에게 타자the other는, 즉 마주침은 주체의 경험 한계를 깨워주는 존재에 가깝다. 채플린이 연기할 인물(옷)과 마주쳤을 때 이전의 자기 틀을 깨고 새로운 인물이 되는 것이다. 이것은 정보나 데이터가 아니라 주체의 틀을 뒤흔드는 총체적 흔들림의 경험이다. 그래서 채플린은 그 옷을 입고 배역에 충실할 수 있고, 그 재현의 순간에는 배역 인물로 존재하게 된다.

이때 주체(채플린)와 타자(배역 인물)를 따로 떼어 존재한다고 할 수 있겠는가. 그렇다면 채플린이라는 주체를 부동의 본질적 존재로 보기보다는 환경과 시간에 따라, 외부적 존재인 타자에게 반응 또는 영향을 받는다 할 수 있다. 외부적 요인에 변화하는 주체라면 자기동일적이지 않다는 것과 타자(성)를 내포하고 있다는 사실을 외면할 수 없겠다. 주체와 타자는 서로를 보완하면서 숨고 드러나는, 불이不二이면서 하나이지도 않은 것이다.

나선자의 수필 「사연이 많은 옷탐」은 '옷'이라는 매개체를 통해 주체에게도 타자성을 용인하는 어떤 상황과 시간이 있음을 보여준다. 주체와 타자는 서로의 안과 바깥에 있는 별개의 존재가 아니며, 주체는 어떤 환경이나 시간 속에서 타자로부터 영향을 받는 관계임을 말해주고 있다. 수필 「라인덴스는 나의 배터리」 역시 같은 범주에 있는 작품이다. 결국

「사연이 많은 옷탐」에서 그의 옷은 그를 그답게 해주면서, 주체와 타자의 마주침을 경험하고, 모든 잠재적 가능성을 열어두게 한다.

4. 상상력, 지금 여기에서 꿈꾸다

인간이 예술 행위를 하는 이유는 현실에서 충족 불가능한 욕망을 예술을 통해 충족시키기 위해서라 한다. 도덕적 존재인 인간이 이성의 세계인 현실에서는 억압할 수밖에 없는 요건들을 무의식의 발현인 예술을 통해 해소한다는 것이다. 프로이트가 무의식 분석을 통해 내린 예술의 존재 이유다. 따라서 예술은 당대 사회의 콤플렉스 해소라 할 수 있다. '예술이 당대 사회의 콤플렉스 해소'라는 것은 작가가 속해 있는 사회에서 직접적으로 드러내지 못하는 언표행위를 작품으로 승화시켜 보여주는 것이다.

문학은 현실에서 직접 말하지 못하는 것을 상상으로 간접화하여 말하기라 할 수 있다. 즉 문학은 상상력의 소산이다. 여기서 말하는 직접 드러내지 못하는 '언표행위'란 대체로 윤리적이거나 이성적 사유 범주를 이탈하는 것일 수 있으나, 우리는 문학에서 그 범주를 확장한 가능성도 타진해 볼 수 있겠다. 이를테면 현실에서 누리기 어려운 꿈에 대해 상상적으로 욕망을 드러내는 일들 말이다. 작가는 자기의 상상을 독자가 용인할 정도의 심급까지 완화해서 표현할 줄 아는 이들이기 때문이다. 나선자의 수필에서처럼 하늘을 나는 꿈, 나비가 되어 아름다운 정원을 주유하는 꿈, 현실에서 이르지 못한 사랑을 찾는 꿈, 더 나아가 인류가 잃어버린 낙원을 복원(재현)하는 꿈….

문학에서 상상력이 중요한 것은, 이성적 영역이 갖지 못하는 또 다른 기능을 담당해줄 수 있기 때문이다. 상상력은 이성인 의식의 영역에서보다 무의식의 영역에서 일어나는 것들이 많고 그 심층에서 발현되는 상상력은 최고의 창조성과 미학성을 창출해낸다. 통상 우리가 상상력이라 하는 것은 무의식 속에 잠재된 경험을 끌어올리는 일이기 때문에 현실 의식 못지않게 의식의 전영역성에 있어서 살아 있는 의식 세계다. 논리의 대척점에 감각과 정서, 즉 상상력을 둔다면 실제 체험과 적절한 상상력의 조합은 최상의 문학작품을 창조하는 일이라 할 수 있다. 따라서 이러한 작품은 품격을 높이는 미학을 발생시킨다.

나선자의 수필 「꽃차 이야기」에는 수많은 꽃이 등장한다. 세상엔 이루 헤아릴 수 없는 수의 사물이 존재하고, 그 사물에 대한 체험은 사람마다 각기 다르다. 이때 작가의 심미적 안목은 상상력에 결정적 영향력을 행사한다. 작가는 눈앞에 보이는 현재의 대상을 통해 정서적 체험은 물론 자신만의 특별한 의미를 찾아 내면을 펼쳐내기 때문이다.

　　빗소리와 함께 모두들 둘러앉아 손수 만든 꽃차를 음미한다. 만들 때는 힘들었지만 차를 마시고 즐기는 시간은 신선놀음이 따로 없다. 눈을 지그시 감으면 그곳은 또 다른 공간이 되었다. 나는 어느 집 정원에 마련된 탁자 위에 투명 유리 찻잔을 바라본다. 누구 집인지도 모를 그곳. 나의 찻잔에도 장미꽃이 피어난다. 장미는 넝쿨 따라 울타리를 오르고 햇살 받은 꽃은 향기로 빛난다. 들릴 듯 말 듯한 음악 소리가 나의 기분을 한껏 달뜨게 한다. 어느 귀부인이 이런 호사를 누릴까. 골목을 지나는 사람들도 흘끔거리며 정원을 들여다본다. 가만히 찻잔을 들고 의자 등받이에 기대 천천히 주위를 관망한다. 잘 정돈된 정원은 온갖 꽃들로 가득하고, 거기 나비가 날아오르고, 어디선가 선선한 바람이 불어온다. 바람을 느끼며 눈을 떴다. 잠시 동안의 상상이 너무나도 행복했다. 누구에게도 말해주고 싶지 않은 나만의 비밀로 간직하고 싶은 순간이었다.

—「꽃차 이야기」 중에서

　　화자는 지금, 투명한 유리잔의 꽃을 따라 어느 정원으로 상상력의 나래를 펼친다. 5월의 햇살을 받은 장미가 정원의 울타리를 아름답게 장식하고 음악은 잔잔하게 흐른다. 필시 화자가 좋아하는 음악일 것이다. 좋은 차와 시야를 화려하게 꾸며준 꽃들이 있는 아름다운 정원에서 좋아하는 음악까지 귀를 붙들었으니 화자의 오감은 충분히 열렸겠다.

장자莊子의 '호접지몽'처럼 그는 차를 마시는 현실과 상상 속 인물의 경계를 오간다. "어느 귀부인이 이런 호사를 누릴까"는 꽃차를 마시며 아름다운 정원을 상상하는 지금의 이 순간, 그의 관념 속의 귀부인이 의식으로 발현한 것이다. 그는 '귀부인'으로 사는, 우아하고 아름다운 여인으로 살고자 한다. 그것이 화자의 욕망이다. 욕망을 실현한 그 순간엔 결어 없는 행복이겠다. 화자가 직관과 상상력을 동원하여 평상시와는 다른 관점에서 사물을 대하고 감정을 이입한 결과다.

인간은 이성적 존재이기 이전에 지금보다는 훨씬 더 감성적인 존재였다. 인류 역사에서 언어 이전의 세계에선 감성이 인간의 메시지를 전하는 전령사였다. 우리가 익히 아는 '아바타'처럼, 언어가 존재하지 않던 신화의 세계에선 즉심卽心이 곧 의사 표현이고 소통이었다. 이때의 생각은 가슴에서 오는 감성의 영역이었다. 어쨌거나 현대에 존재하는 화자는 이성으로 판단하고 누려야 했던 인간사의 곤고함을 내려놓고 꽃차를 마시는 지금 여기에서 자기의 감각기관이 작용하는 대로 무장해제하여 자연 상태로의 삶을 누린다.

비로소 그토록 가벼워졌을 때 화자는 나비가 된다. "잘 정돈된 정원은 온갖 꽃들로 가득하고, 거기 나비가 날아오르고, 어디선가 선선한 바람이 불어온다"는 화자가 말한 바대로 신선놀음의 시공간이다. 현실을 초월하여 인간 본연의 상태에 존재하는 것이다. 그래서 그는 이 행복한 경험을 누구에게도 말하고 싶지 않은 것이다.

나선자의 수필집에서 '나비'는 예사로운 사물이 아니다. 나비는 나선자라는 한 사람의 정체성과 나란히 놓아도 좋을 존재이기 때문이다. 그에게 나비는 가장 행복한 순간에 생각나는 사물이고, 그를 꿈꾸게 하며, 나비처럼 날고 싶은 욕망을 유지하게 한다. 그래서 그의 집 장식장에 있는 생활용품들에는 나비가 날고 있다. 미국에 사는 딸은 물론 친지들까지 나비와 관련된 물품을 보면 선물로 보내줄 정도라니, 나선자와 나비는 불가분의 관계에 있다.

그동안 딸이 선물로 보내준 생활용품들이 장식장 안에 하나둘 늘어갔다. 저마다 나비가 장식돼 있다. 보석함, 브로치, 반지, 목걸이, 거울, 책갈피, 지갑 등 다양한 나비 문양들이 볼수록 마음을 흐뭇하게 한다. 어쩌다가 내가 나비를 좋아한다는 소문이 나는 바람에 친지들도 나비와 관련된 물품을 보면 구입해 선물로 보내준다. 덕분에 나는 나비용품 수집가가 되었다. 여행할 때나 쇼핑할 때 나비가 있는 소품을 만나면 망설이지 않고 사게 되는 건 오래된 습관이다.

바다가 보이는 전망대 카페에서 차를 마신다. 그 집 찻잔에도 예쁜 나비가 앉아 있다. 나는 나비를 보며 활짝, 꽃처럼 웃는다. 금방이라도 나비가 내게 안길 것만 같다. 공간의 분위기와 차향은 마음까지 편하게 해준다. 잔을 드니 받침에도 꽃과 나비가 새겨졌다. 순간 나는, 나비가 되고 싶다는 생각을 했다. 함께 앉은 사람들이 나비와 나를 번갈아 바라보았다.

— 「나비와 나」 중에서

나비는 동서양을 막론하고 예부터 영혼을 상징했다. 영혼이 나비가 되었다는 전설이나 신화가 많고, 아름다운 모습 때문에 현대에 들어선 각종 게임이나 건축물, 예술작품의 상징적 제목은 물론, 지혜를 의미하는 상징으로 쓰이기도 한다. 우리 문화에서도 고전은 물론 현대에도 화초장에 꽃과 나비의 문양이 유행하던 때가 있었다. 그리스의 예술가 신화에 등장하는 피그말리온은 이상적인 여인상을 상아 상

으로 구현하여 자기의 '반려'라 부르다가 미의 여신 아프로
디테 축제에 데리고 가 영혼을 불어넣어 달라 간청한다. 여
신은 피그말리온의 청을 받아들여 상아 상의 콧구멍에 나비
(영혼)를 넣어준다. 나비에 덧씌워진 영혼에 관한 이야기는
고대의 신화에서 시작하여 현대에 이르기까지 풍습이나 문
화로 남아 여전히 이어지고 있는 셈이다.

　나선자의 수필 「꽃차 이야기」에서 「나비와 나」를 보면, 자
신이 가장 행복한 시간, 즉 충족된 자기와 만나는 시공간에
나비가 등장한다. 현상적인 삶의 요건이 충족되었을 때, 즉
이만하면 살 만하다는 자기 만족감이 느껴질 때 그는 누군
가를 그리워하며 나비를 호명한다. 그래서 "TV 노래 프로그
램 배경 화면에 수백 마리의 나비가 팡파르와 함께 날아"오
르면 마음이 절로 설레고, "나도 그 나비가 되어 그리운 사
람에게 날아가고 싶다"고 말할 수 있는 것이다.

　화자가 그리워하거나 기다리는 대상은 누구인가. 「꽃차
이야기」에서는 행복한 자기를 응시해줄 누군가(타자)였고,
「나비와 나」에서는 유일한 자식이나 멀리 있어 당장 달려가
만날 수 없는 미국에 사는 딸(분신)이다. 이를테면 "따뜻한
햇볕, 따뜻한 바람, 따뜻하기만 했던 나의 그리운 사람들….
나비 찻잔에 담긴 따뜻한 차 한 잔과 싱그러운 음악 그리고
좋아하는 작가의 책이 있으면 더는 바랄 것이 없겠다고 생

각했는데, 갑자기 멀리 있는 딸이 생각"나는 것이다. 이 글의 화자뿐 아니라 대체로 사랑하는 사람을 멀리 두고 그리워하는 이는 좋은 것과 대면했을 때 그 대상을 떠올린다. 좋은 것을 사랑하는 이와 함께 나누고 싶은 것은 인지상정이기 때문이다.

조금 더 나아가보자. 화자는 「나비와 나」에서 "나는 왜 나비가 좋은 걸까"라고 자기에게 묻는다. 그리고 "나는 세상을 자유롭게 날고 싶은 걸까. 무엇에 얽매인 것도 아닌데, 자꾸만 어딘가로 날아가고 싶다. 가끔 외롭거나 쓸쓸할 때, 나는 나비와 관련된 노래를 부르거나 들으면서 얼마의 위안을 받는다"고 답한다. 그렇다면 화자에게 나비는 행복한 순간에 떠올리는 그리움의 대상이고, 그 대상과 같이 하지 못하는 시공간을 벗어나 그에게로 가고자 꿈꾸는 욕망의 현시를 보여주는 상징체이다. 물론 나비가 등장하는 작품마다 사용되는 은유가 조금씩 달라지는 경우가 있지만 나선자의 수필에서 나비에 대한 해석은 이러한 관점으로 보는 게 당위성을 획득한다고 하겠다.

그는 날아서 가고 싶어한다. 사랑하는 사람들에게, 그리운 이들에게. 그리고 그런 자신에게서 자유롭고자 한다. 자기 탈피, 화자는 알지 못하나 그의 심연에선 자기를 깨고 더 자유로운 무엇인가를 향해 날고자 몸부림치는 몸짓이 있다.

작가는 사물을 통해 글을 쓰면서 자신 안의 욕망을 알게 되거나 해소하게 된다는 것을 알게 하는 수필들이다.

나선자는 나비를 통해 대상에 대한 작가의 인식과 그의 내면세계를 보여주면서 우리가 쉽게 발견할 수 없는 사물에 대한 새로운 해석과 의미를 부여한다. 혹은 감추면서도 드러나는 심연의 메시지를 독자가 찾아낼 수도 있겠다. 수필 「꽃차 이야기」, 「나비와 나」를 일독하며 독자는 나비라는 사물(존재)이 인간 정신의 내면을 투과할 때 만나는 실재성에 한 발짝 다가가게 될지도 모를 일이다. 작가는 이 글을 통해 인간의 감각 체계가 새롭게 탄생할 때 지금 여기의 삶이 생생해진다는 메시지를 전하고자 했을 터이니. 그런 면에서 상상적 글쓰기는 여타의 다른 작품들과는 다른 세계를 엿보게 하는 즐거움이 있다.

5. 비움, 윤리적 삶의 실천

삶을 단순화하기, 그랬을 때 우리는 훨씬 효율적으로 일하고 쉴 수 있다. 단순한 일상은 자기 삶을 제대로 누리게 되어 행복해질 수 있다는 뜻이다. 이러한 삶의 방식을 설명할 수 있는 것이 '미니멀리즘'이다. 1960년대 미국의 미술사조에서 미니멀리즘의 기원을 찾아볼 수 있는데, 단순함과 간결함을 추구하여 표현을 최소화하는 이 사조는 미술뿐 아니라 문학, 예술, 철학에도 영향을 주었다. 자본주의 사회의 복잡다단한 삶에 대한 회의를 느낀 사람들이 단순한 일상을 원하게 되면서 미니멀리즘은 세간의 관심사가 되기도 했다. 이러한 미니멀리즘을 이야기할 때 중요한 것은, 무조건 단순함만을 추구하는 것이 아니라 '현존'을 고려하면서 단순화해야 한다는 점이다. 나선자의 수필 「미니멀리즘」은 그러한 우리 삶의 현실을 잘 드러내주고 있다.

　　나는 삶도 생각도 단순한 것을 좋아한다. 그럼에도 소유욕이 남달라서일까, 없어도 되는 물건들이 너무도 많다. 얼마 전부터 비우는 연습을 하고 있는데, 버리는 습관이 몸에 배지 않아 '미니멀리즘'의 실천이 쉽지만은 않다. 가급적 좋은 물건은 지인과 나누고 불필요한 물건들은 좀 아쉬워도 내다 버리려고 노력 중이다. 젊어서는 필요한 물건이 많아 하나씩 장만하는 재미도 있었다. 이젠 필요 없는 물건을 하나씩 버리면서 삶이 편안해진다. 무작정 버린다기보다는 물건들을 줄이고, 줄어든 물건의 개수만큼 쓰임새를 늘리고 다양화시키는 방법이 진정한 미니멀리즘이라는 걸 알아서이다.

　　　　　　　　　　　　　　　　　　　　—「미니멀리즘」 중에서

현대인은 이윤이 목적인 자본주의의 쉼 없는 생산활동에 일조하며 산다. 즉 자본주의는 소비자들의 구매 욕구·충동을 부추기기 위해 새로운 물건을 끊임없이 쏟아낸다. 사실 일상에서 사용하는 물건이란 것은 사용자의 삶이 배어든 것이 편안하고 의미 있음에도 불구하고, 광고의 이미지가 주는 강렬한 소비 촉구에 우리는 새 상품 앞에서 매번 서성이곤 한다. 자본주의의 꼬드김과 당대 사회적 요건이 결합하여 새로운 상품에 대한 소비 심리는 이렇게 드러난다. 이러한 삶의 패턴이 반복되면서 화자 역시 삶 주변에 매우 많은 상품을 쌓아두고 있다는 반성을 하게 되고, 그 뒤돌아봄의 성찰이 지금 실천하고 있는 '미니멀리즘'인 셈이다.

『마음의 온도가 궁금해』의 화자들은 대체로 그의 관심사를 바깥에 두는 경향이 있는데, 「미니멀리즘」의 화자는 눈앞의 현상을 자기 안으로 가져와 삶을 진지하게 성찰하는 모습을 보인다. 불필요한 가구나 옷 따위의 일상용품을 정리하여 생활을 간소화하겠다는 의지가 그렇다. 물질과 정신은 반비례한다고 볼 수 있기에, 화자의 비우는 행위는 생을 한결 단순화하여 가볍게 해줄 것이다. 그때 비로소 진정한 의미의 여유로운 삶이 가능해진다. 화자 역시 버리면서 마음이 편안해진다고 말하지 않는가. 열린 감각과 삶에 대한 개방성이 그의 변화에 작용했을 터다.

삶을 간소화하기에 충분한 미니멀리즘적 생활이 또 다른 의미를 갖는 것은 화자 자신은 물론 타인에게도 영향을 미쳐서 윤리적 삶으로까지 나아갈 수 있다는 점이다. 인간이 인간답게, 사회가 사회답게 유지될 수 있는 본질은 윤리적 마음과 태도에서 나온다고 할 수 있다. 화자가 소중하게 간직했던 물건을 필요한 사람들에게 나누는 행위는, 헌 상품일지라도 나눠쓰고 교환하고자 하는 생각에서다. 그러한 생활 태도는 공동체적 소비윤리 의식을 생성하게 한다는 점에서 매우 뜻있는 일이다. 현대인은 그동안 자원을 너무 낭비하며 살았고, 죽어가는 지구를 살리는 에너지 차원에서 물건 나눠쓰기 혹은 교환하기는 매우 필요한 삶의 한 방식이겠다. 생각은 쉽게 할 수 있으나 실행하기는 어려운 일, 생각의 전환을 가져와야 가능한 일이어서 이 작품이 더 의미있게 읽힌다. 작가의 구체적 삶을 통한 체험의 언어로, 그의 윤리의식이 자연스레 드러나고 있기 때문이다.

수필문학에서 드러나는 윤리는 작가가 지금, 여기에서의 체험을 통해 쓴 것이기에 철학과 도덕의 윤리와는 그 결이 다르다 할 수 있다. 이론이 아닌 실천하는 윤리이기 때문이다. 위에서 다룬 바 있는 수필 「사연이 많은 옷탐」에서 "옷을 좋아하는 나는 추억을 버리지 못해 정리를 못하는 것이지 욕심이 있어서도 명품이기에 집착하는 것도 아니다. 이마저도 하나씩 덜어내는 중이지만"이라고 밝힌다. 그는 벌써 "이웃들이 좋아하는 옷을 가져가면서 내 옷장도 조금씩 헐거워지고 있다"고 한다. 결국 화자는 미니멀리즘적 삶을 실천하며 자신을 가볍게 비우는 일이 행복을 보장해준다는 것을 체험하고 있다. 마음에 드는 것을 조금만 갖는 삶, 정말 좋아하고 설레게 하는 물건을 조금만 소유하는 삶이라니! 화자가 자신에게는 물론 사회적 삶에도 해당하는 윤리적 실천 행위를 할 수 있는 것은, 그가 작품에서 밝힌 바대로 욕망을 줄이며 자신을 내려놓고 비우는 일이 아이러니하게도 자기를 다시 세우는 일이라는 것을 믿기에 가능한 것이다. 수필문학은 자기 삶을 관조한다는 기본원리를 잘 보여준 작품이다.

6. 에필로그, 내 마음의 온도가 궁금해

무릇 수필은 작가가 대상을 어떻게 응시하고 있는지, 그의 내면세계의 속내를 드러내는 일이다. 범박하게 말하자면 그가 처한 외부 현실에 관한 서술과 묘사이면서 동시에 작가의 생각과 인생관을 피력하는 것이다. 나선자의 첫 수필집 『마음의 온도가 궁금해』에는 그가 지닌 문학적 정조인 '그리움'이 작품 전반의 기조를 이루고 있음을 살폈다. 대상이 누구든 기다리는 시간은, 새로운 세계를 사유하고 창조해가는 일이기도 하며, 문학은 그러한 진실성을 우선으로 한다.

　문학은 본디 그 태생 자체가 완성을 지향하지 않는다. 다만 작가가 글을 쓰는 그 시대적 삶의 아픔과 고민을 함께 해오는 것일 뿐이다. 그런 면에서 두어 가지의 이야기들이 가능하다고 본다. 상상력은 작가가 지닌 본질적 요건이다. 나선자의 수필에 드러난 상상력은 대부분 탄탄한 리얼리티를 구축하고 있는데, 문학에서의 상상은 용인되는 범주가 훨씬 넓게 허용된다는 점을 언급해둔다. 문학적 상상력은 관념화된 사물(대상)의 틀을 깨고 고정된 사고의 경계를 불식시키는 계기를 내포하고 있기 때문이다. 상상의 언저리에서 한 발짝 더 들어가면 작가가 꿈꾸는 세계의 진폭을 확장하여 이전 세계와는 다른 인식과 경험을 만날 수 있다. 작품 안에서 내적 논리를 가지고 있다면 나선자의 '나비'는 더 풍요로운 벌판으로 비상해도 좋겠다. 상상의 영역에서 외적 경험과 내적 상상의 경계를 넘어설 때 그의 글은 훨씬 더 크고 깊고 넓게 성숙할 것이기 때문이다.

　『마음의 온도가 궁금해』의 작가는 행복한 시간에 외부로 시선을 돌리곤 한다. 자기 응시보다는 타인의 시선을 즐기며 타인과의 관계를 소중하게 여기는 이들의 특성이기도 하다. 타인을 통한 자기 배려도 중요하나(푸코), 문학은 자기 안에 침잠하여 외로움과 고뇌를 진실로 끌어안을 때 성큼

다가온다. 분산된 시선을 자기에게로 향하고 집중하는 자기 배려가 작가와 문학을 변화시킨다. 인간은 늘 행복한 존재는 아니다. 그보다는 근원을 모르는 상실의 슬픔에 처해 있는 존재이고, 따라서 그 슬픔을 함께 앓게 된 작가만이 가슴에 울림을 남기는 작품을 쓰게 된다. 그렇게 품이 크게 열릴 때, 존재로서의 나선자에게는 물론 문학에도 새로운 길이 열릴 것이다.

그런 면에서 나선자에게 '마음의 온도가 궁금'한 것은, 어쩌면 동생의 마음이나 타인을 향한 궁금증이 아니라 자기 마음의 온도일 수 있다. 나 괜찮아, 지금 잘 살고 있어를 주술처럼 외우고 있는 것은 존재의 허허로움을 말하고 싶지 않은 살아온 시간에 대한 긍정과 자신에 대한 신뢰를 저버리고 싶지 않아서이다. 외로움을 말해버리면 진짜 외로워질 것 같은, 그리움을 말하면 눈물이 나올 것 같은 조바심 때문이다. 그러나 『마음의 온도가 궁금해』의 작가는 실제 잘 살아왔다. 38년 동안 교직에 있을 때는 학생들과 소통하며 배움의 길을 열어주려 노력하는 열정적인 선생님으로, 딸에게는 애틋하지만 좋은 엄마로, 남편에게는 이해와 배려를 최대한 보내며 살았고, 이웃과 그를 아는 지인들에겐 내 것을 내주고 베푸는 윤리적 삶을 살았으며, 앞으로도 그렇게 살 것이다. 따라서 삶을 성실하게 이끌고, 그것을 기록하는 나선자의 문학은 앞으로 얼마든지 진화할 여지를 가진다. 우리는 그가 변화하는 과정을 지켜보며 함께 웃고 박수 칠 것이다.

나선자 수필집

마음의 온도가 궁금해

지은이_ 나선자
펴낸이_ 조현석
펴낸곳_ 북인
디자인_ 푸른영토

1판 1쇄_ 2024년 10월 31일

출판등록번호_ 313 - 2004 - 000111
주소_ 서울 마포구 동교로19길 21, 501호
전화_ 02 - 323 - 7767
팩스_ 02 - 323 - 7845

ISBN 979-11-6512-100-6   03810
ⓒ나선자, 2024